アンデッドアンラック
否定者たちのアオハルな高校生活
戸《と》塚《づか》慶《よし》文《ふみ》
平《ひら》林《ばやし》佐《さ》和《わ》子《こ》
JUMP j BOOKS

UNDEAD UNLUCK

CHARACTER

【不運《アンラック》】風子《ふうこ》

触《ふ》れた者《もの》に不運《ふうん》を呼《よ》ぶ運《うん》の否《ひ》定者《ていしゃ》。アンディと行動《こうどう》を共《とも》にすることで成長《せいちょう》していく。現《げん》在《ざい》は重野力《しげのちから》の高校《こうこう》に潜入中《せんにゅうちゅう》。

【不死《アンデッド》】アンディ

死《し》という概念《がいねん》から外《はず》れた死《し》の否定者《ひていしゃ》。死《し》を得《え》る為《ため》に風子《ふうこ》と行動《こうどう》を共《とも》にしていたが現在《げんざい》は神《かみ》を斃《たお》すべく戦力《せんりょく》を増強《ぞうきょう》する為《ため》、単独《たんどく》で動《うご》いている。

STORY ストーリー

触《ふ》れた者《もの》に不運《ふうん》を呼《よ》び込《こ》む体質《たいしつ》から、一度《いちど》は死《し》を覚悟《かくご》した風子《ふうこ》。だが、不《ふ》死《し》の体《からだ》を持《も》つ謎《なぞ》の男《おとこ》・アンディと出会《であ》い触《ふ》れ合《あ》うことで、生《い》きることに望《のぞ》みを持《も》つ。UMA《ユーマ》や未知《みち》の現象《げんしょう》を管理《かんり》する組織《そしき》の存在《そんざい》を知《し》った二人《ふたり》は、人数制限《にんずうせいげん》があったメンバーを倒《たお》し組織《ユニオン》に加入《かにゅう》。そこで組織《ユニオン》の存在理《そんざいり》由《ゆう》―創造主《神》が押《お》し付《つ》けてくる課題《クエスト》のクリアと創造主《神》への反逆《はんぎゃく》を知《し》った二人《ふたり》は、課題《クエスト》に挑《いど》む合間《あいま》に、組織《ユニオン》のメンバーたちと様々《さまざま》な交流《こうりゅう》を持《も》つようになり、戦闘時《せんとうじ》にはみられない彼《かれ》らの素顔《すがお》をみることになる―――!?

ジーナ＝チェンバー
UNCHANGE
【不変《アンチェンジ》】
ショーン＝ダッツ
UNSEEN
【不可視《アンシーン》】
シェン＝シアン
UNTRUTH
【不真実《アントゥルース》】
ファン＝クーロン
UNFADE
【不老《アンフェイド》】
重《しげ》野《の》力《ちから》
UNMOVE
【不動《アンムーブ》】未発現《みはつげん》
ニコ＝フォーゲイル
UNFORGETTABLE
【不忘《アンフォーゲッタブル》】未発現《みはつげん》
ビリー＝アルフレッド
UNFAIR
【不公平《アンフェア》】
イチコ＝ネムリ
UNSLEEP
【不眠《アンスリープ》】

UNDEAD
UNLOCK

アンデッドアンラック
否定者たちのアオハルな高校生活

CONTENTS

Ep.《エピソード》001

職《しょく》員《いん》室《しつ》で暴《ぼう》力《りょく》はダメでしょ

数年前に卒業した高校に教育実習生として通いはじめて、はや一週間がたった。

かつて通っていた校舎に感傷を覚えないのは、記憶に残るような高校生時代を過ごしていないせいだと思う。

腕時計を確認する。時刻は始業時間よりもずっと早い。人の姿がない階段をのぼり職員室へ向かう途中で、踊り場の窓から五月の晴れた空が見えた。

なんの変哲もない、ただの空。

けれど、他の人にとってはそうは見えていないらしい。

それを自覚できても、今日もやはりいつもと同じにしか見えない空から視線を戻し、黙々と歩を進めて職員室の扉を開ける。

在校時は入るのが億劫《おっくう》だった場所がいまは自分の実習先であり居場所だ。期間限定で与えられた自分の席に鞄《かばん》を置き、ふうと息を吐く。校舎に入ってからここまで誰にも会わなかったように、ここにも他には人の姿がない。

「おはよう。今日も早いですな」

否《いな》。やはりこの人が一番早いようだ。

俺は不満顔を必死に無表情の向こう側へと追いやりながら、声の主《ぬし》に振り向く。

わざわざ早く来ているのは、他の職員がいる中を職員室に入ると、四方八方に挨拶《あいさつ》をしながら、ついでに軽い会話もしながら歩かねばならないのを避けるためなのに、この声の主より早く学校に来られたことがない。

この学校に住んでるのか、と疑いたくなる。登校が早すぎだろ、一番偉い人なのに。

「おはようございます。山岡《やまおか》校長先生」

俺の挨拶に、その人――山岡一心《いっしん》校長――の目が柔らかく細められた。

俺の記憶にある校長はこの春に退任し、新しくこの人が赴任してきたらしい。初老の年齢に見えるが、格闘技かなにかを趣味としているとしか思えないほどの鍛えられた筋肉の持ち主だ。盛り上がったあの腕の筋肉ならば、りんごぐらい片手で潰《つぶ》せるだろう。たぶん。

そんな立派なたくましい腕にちょこんと収まっている生命体がある。山岡校長の孫である春歌《はるか》ちゃんだ。

「んっ」

「春ちゃぁぁぁぁん！　挨拶できるとは、えらいのう!!」

春歌ちゃんが小さな声を出したのを『挨拶』と解釈した山岡校長は、デレデレに顔をゆるませて春歌ちゃんに頬《ほお》ずりした。

「む～」

おしゃぶりをくわえた春歌ちゃんがくぐもった声を漏らす。不満げに見えるのは気のせいではないだろう。きっと山岡校長のひげがチクチクするのだ。

しかし、山岡校長はそんなことに気づきもせず、頬ずりをやめない。

山岡校長の孫への溺愛《できあい》っぷりは学校中に知れ渡っており、校長と頻繁に登校する春歌ちゃんにいたっては、学校のアイドルともマスコットとも呼ばれているらしい。

だが、学校に孫を連れてくるのはどうなのだろうか？

私立の学校だから規則がゆるいのかもしれないが、世間一般的にはアウトな気はする。

もちろん、校則などを調べればすぐに判明することだが、そこまでする気力も関心も俺にはなかった。

「おっ、そろそろ掃除に行かなくては。では、失礼する」

「はい」

軽く会釈《えしやく》をし、会話を最小限で終わらせる。

立ち去る校長をなんとなく見送っていると、大きな肩からひょっこりと顔を出した春歌ちゃんと、瞬間的に目が合った。

「もうすこしコミュ力きたえたら？」

と、表情が訴えているように感じる。

悪かったな、愛想がなくて。

俺は心の中で言い返し、すぐに「被害妄想強すぎだろ」と自分に呆《あき》れる。

でも春歌ちゃんには早すぎるかもしれないが、ぜひ知っておいてほしい。

世の中、愛想のいい人間ばかりではない。

そして、コミュニティへの参加義務を果たすための沈黙だってあるのだ。


登校してくる職員たちに曖昧《あいまい》な挨拶を返し、淡々と授業の準備をしているうちに始業時刻を迎えた。

俺の専門は世界史だ。資料用の大型の地図を持って担当する教室へと向かう。

すでに数回は授業を経験してみたが、生徒たちの反応は悪くはないと思う。

視覚に訴えるために地図と年表を多用してみたことは悪くない選択だったようだ。板書も丁寧さを心がけたおかげか、どのクラスの生徒たちもわりと真面目に授業を受けてくれた。

　在籍していた俺が言うのもなんだが、この学校は基本的には真面目な生徒が多いほうだ。中にはいわゆる「不良生徒」と言われている者たちもいるが、彼らは授業に出ることなく存在しているので、俺の授業が邪魔されることもない。

　午前のクラスをすべて終えて職員室へと戻ると、どっと疲れが出た。喉がひりつく。普段の生活とは比べものにならないくらい話したから。

　……やっぱり俺みたいなのには向かない職なんだろうな、うん。

「なにぼーっとしてんだ？　昼飯食わねぇと休み時間なくなるぞ」

　自分の机に荷物を置いたまま思考にふけってしまっていた俺に、同じ教育実習生のひとりが声をかけてきた。

「……ああ、うん。そうだね」

　そう答えて、俺は椅子《いす》に座ると鞄から昼ごはんを取り出した。食堂というものがない学校だから教師も生徒もみな弁当持参だ。とはいっても、俺に弁当を手作りするなんて技術はないので、登校途中で買ったコンビニのおむすびが今日のそれである。

　静かにおむすびを口に運んでいると、周囲の教育実習生たちが食事をしながら会話をはじめた。

「ねぇ、三年三組に留学生っぽい子いるよね？」

「三年三組……？　あ、もしかして青い髪の子？」

「三年一組、すげぇノリがいいよな」

「前はそうでもなかったらしいよ。転校生が入ったからなんだって」

　ころころと話題は転換していきながら、会話のキャッチボールは全員へとまんべんなく行き渡る。

　さすがは教職を取ろうとする人たちだ。会話から仲間を取りこぼさない気遣《きづか》いを感じる。

　それは一般的に褒《ほ》められることだと思うが、俺自身にとっては内心おだやかではない。

「今日もいい天気だよねぇ。こんな日は外で食べたいよね？」

「また言ってる〜。昨日も同じこと言ってなかった？」

「だって、もう少ししたら暑すぎて外なんて無理だし、このさわやかな時期に外の空気や日光を浴びておきたいじゃない。ねぇ？」

　会話のボールがいきなり飛んできて、俺は小さく息を呑《の》む。

　こういった会話は本当に苦手だ。

　というのも、俺は人にくらべて情緒というものが欠けている、らしい。

　よく言えば淡泊。悪く言えば、思考が捻《ひね》くれているというか。

例えば、どんな空を見てもなんら感想を抱《いだ》いたことがない。

見上げたときに天井を覆う青いだけの空間にどんな感想を持てというのか、と思ってしまう。

でも、そんな俺の正直な言葉はここでは求められていないことは、これまでの経験から痛いほど知っている。

だから、ここで言うべきことは、

「そうだね」

本音を隠して、相手への同意と反感を招かない笑顔をつくるのが正解。

コミュニティの和を乱さず、そして参加義務を果たすための、俺なりの処世術だ。

俺の返事を聞いた相手は「やっぱり～」と満足げに笑った。

うまく返事をできたことにほっとしながらふたつめのおむすびに手をつけたとき、隣の席に座る教育実習生が俺の手元を見て呆れた声を出した。

「お前、今日もマヨキムチとハムマヨかよ。たまには他のも食いたくなんねぇ？　マヨばっか食って栄養偏るぞ。あ！　マヨ男子路線でＪＫたちのウケを狙ってる？」

「モテることが最優先事項になってるお前のほうが思考が偏ってるだろ」

と言いそうになるのをぐっとこらえる。

あぶないあぶない。そんなこと言ったら、場の空気がどうなることか。

俺は急いで曖昧な笑みで返事を濁す。すると幸いにも、むかい席に座る教育実習生が俺たちの会話を聞きつけ、

「ちょっとぉ、『JK』とか言っちゃうの、教育実習生としてどうなの？」

と話題に入ってきて、主な会話はそのふたりへと移行していった。

うまく自分から話題がずれたことに胸を撫《な》で下《お》ろし、おむすびを急いで胃に流し込む。

そのままさりげなく会話から離れ、午前の授業の振り返りをしようとノートを見直していると、声をかけられた。

「質問、よろしいでしょうか？」

顔をあげると、やわらかな笑顔の女子生徒が立っていた。長い髪を頭の両サイドにお団子にし、巻ききれなかった部分をそのまま下ろしている、やたらと髪の長い子だ。その特徴的な髪型には見覚えがあった。たしか午前中に授業を受け持った三年三組の生徒だ。名前は……ムイさんだった気がする。その髪型と熱心な授業態度が記憶に残っていた。

「授業でわからないことがありました？」

俺が尋ねると、ムイさん（仮）は小さく首を振った。

「いいえ、授業はとてもわかりやすかったです。板書もとても読みやすかったですし、世

界史もノートに書き写すと、やはり覚えやすいですね」

彼女の言葉に俺は内心で小さくため息をつく。

褒めてもらえたのは嬉《うれ》しいが、結局それは本来の歴史担当の先生の足元にも及ばないことの証左でもある。

というのも、元々の世界史担当であるビリー＝アルフレッド先生は目が見えない。

なので授業はもっぱら口頭のみになるのだが、これがすごいのだ。

普通なら聞き流してしまいそうなのだが、アルフレッド先生は違う。

緩急をきかせた話し方が生徒たちの意識をしっかり摑《つか》んで離さない。歴史的要素のひとつひとつを有機的に絡み合わせて語ってくれるので、理解がしやすい。ときには雑学めいたことも交え好奇心をかきたてるのも巧みだ。それが一時限、四十五分続くのだから驚異的といっていい。

「歴史というのは、つまりは人だからね。人の心の動きを追っていくと、事象に納得がいって覚えやすいんだよ」

というのが、アルフレッド先生の持論だった。

たしかに教職課程でも、そんなことを聞いた気はする。聞いた気はするが、それを口頭のみで体現するなんて現代教育から離れすぎた高等技術だ。そんな授業を日々受けてきた高校生たちにとって、俺のものすごく平凡な授業はかえって新鮮に感じるのだろう。

いや、他の授業は板書を書き写すなどしているから、やはり世界史だけが特別枠ということは理解しているのかもしれないが。

「それで、質問というのは？」

複雑な想《おも》いをひとまず心の戸棚に隠し、俺はムイさん（仮）に尋ねる。

ぱぁぁと顔を輝かせた彼女は「ここなんですけど……」とわくわくした様子で教科書を開いた。

聞けば、今日授業で解説した内容を教科書で復習しようとしたのだが、その記載が理解しづらく、混乱してしまったらしい。わりとよくあることだ。それよりも彼女の勉強熱心さに頭が下がる。

彼女の疑問点に重点を置きながら教科書の文章をかみ砕いて説明すると、ムイさん（仮）は嬉しそうにぱんっと両手を合わせて喜んだ。

「理解できました！　ありがとうございます」

「いえ……」

返事は必要最低限にとどめる。教育実習生にまで質問に来る勉強熱心な生徒相手に少しは愛想良くできたらと自分でも思うのだが、余計なことを言って場の空気を悪くしては、という心配のほうが先に立ってしまう。

「先生、どうしました？」

黙り込んでしまった俺を訝《いぶか》しんだのか、ムイさん（仮）が不思議そうに俺を見つめてくる。

「あっ、え、いや……その……質問はそれですべてですか？」

是非そうであってくれ、と願いながら言うと、ムイさん（仮）は「えーっと……」と持ってきたノートをパラパラとめくった。

そのときだ。

「ふたりでなに話してるのー？」

「っ!?」

突然の声に、俺はぎょっとして息を呑んだ。

ムイさん（仮）の肩越しに、彼女の手元をのぞき込むようにひとりの男子生徒が姿を現していた。

普通なら、近づいてくる気配などがありそうなのに、その生徒はまったくなにも感じさせなかった。まさに音もなく現れたと言っていい。

忍者か？　それとも影が薄いのか……とよく見れば、見覚えのある顔だった。ムイさん

（仮）と同じクラスのシェン＝シアンだ。元々その整った顔のおかげで校内でも目立つ存在だったらしいのだが、二週間前の運動会でなにやら不本意な形でさらに目立ってしまったらしく、いまや校内で名前を知らぬ者はいないほどの有名人、と聞いている。

「シェン様！　お昼ごはんはもうすまされたのですか？」

ムイさん（仮）は突然現れたシェン君にごく自然に語りかける。突然の出現に驚いた様子はない。彼女にとってはいつものことなのだろうか。

というか、いま『シェン様』と言ったか？

なぜ『様』呼び？

「職員室に行くって言ったままなかなか帰ってこないからさ、様子を見に来たんだ。ムイちゃん、用事終わった？」

シェン君が肩越しにムイさん（どうやらムイさんで正解だったようだ）をのぞき込む……が、微妙に視線はムイさんをとらえていない。

なぜ……？

……もしかして彼女を見るのが恥ずかしいのか？

「はい！　先生にとても丁寧に教えていただきました！」

「へー。ヨカッタネ」

感情のこもらない声で言ったシェン君がチラリとこちらを見る。その眼差《まなざ》しが、思いのほか冷たくて俺は頭を抱《かか》えたくなった。

どうやらこのシェン君、付き合っている彼女が若い男の教師（俺のことだ）とふたりきりで話していることに、やきもちを焼いているようだ。

勘弁してくれ。高校生同士の恋愛に首を突っ込むような気はさらさらない。

「先生、あとこの部分も教わりたいのですが」

そしてムイさん。きみは意外と鈍感なのかな。

ムイさんが教科書を開く背後で、シェン君はほがらかな笑《え》みを見せつつも、眼差しはさらに冷え冷えとし、全身からは明らかに不機嫌《ふきげん》さをかもしだしている。

非常に居心地が悪い。

「……独占欲が強い彼氏は嫌われる」

ぽろりと口からまろび出てしまった本音が耳に届いた瞬間、俺は慌《あわ》てて口を押さえた。

しまった。つい余計なことを……！

「すみません！　いまのはたいした意味はなく…………え？」

慌てて弁明しようとシェン君を見れば、彼は顔を真っ赤にして鯉のごとく口をパクパクと動かしていた。視線はあちこちを向いて定まらない、というよりも体全体が小刻みに震えている。

「な、なななな言っちゃってるの!?　どどど、独占欲とか！　別に、かかか、彼氏とかじゃな……な、な、ないから！」

あまつさえ小学生のような言い訳を言い出した。

付き合っていなくてその反応をしたら、もはや告白をしているも同然のことではないだろうか。

こんなクラスメイトを果たしてどう思っているのだろうかとムイさんを見れば、彼女は彼女でなにやら照れたようにもじもじしている。

つまり、これは……？

いや疑問にすることもないほど明白な気がする。

——なるほど。これが両片思いというやつか。

つい口元に手をやり、頷《うなず》いてしまう。

自分の人生ではついぞ出会わなかったピュアで初心《うぶ》なシチュエーションに、絶滅危惧種に遭遇したときのような驚きと感動を覚えた。

しかしその仕草が、どうやらシェン君の羞恥心《しゅうちしん》をより煽《あお》ってしまったようだ。

「だだだだ、だから！　ちがうんだって！　誤解してない!?」

シェン君がさらに悶《もだ》えた。その反応はさらに俺を感慨深くさせる。こんな青春野郎が、この世界にまだいたなんて。

しかしここまで双方があからさまなら、ほぼほぼ付き合っていると言ってもいいのではないだろうか。

いやそもそも、そういう甘酸っぱい高校生ライフは教室でやってほしい。

ひとまず早々にムイさんの質問に答えて、ふたりにはお帰りいただこう。

俺がムイさんの開いた教科書に身を乗り出したときだった。

「ちょ、ちょちょちょ！　距離ちかっ――」

「うるさい」

取り乱したシェン君に凄《すご》みのある声がかけられたと思った瞬間、いきなりムイさんが俺の肩を押さえてきた。

バランスをくずし、頭を下げたと同時にバチィィと激しくぶつかり合う音が頭上で炸裂した。

顔をあげたとき、そこには信じがたい光景があった。

シェン君は軽く体を引き、片腕を上げている。その腕は、明らかに顔をめがけて蹴《け》り上《あ》げられた第三者の足を防いでいた。

「……職員室で暴力はダメでしょ」

「この程度、暴力にも入らん」

シェン君は蹴りを放った相手ににこやかに話しかける。その相手を見て、俺は絶句した。

なんと相手は体育のファン＝クーロン先生だったからだ。

クーロン先生は足を戻すと、今度はすばやい掌底《しょうてい》をくりだす。

「あっ……！」

思わず声をあげるが、シェン君はまるで予測していたかのようにその掌底を受け流し、当然のようにお返しのパンチを放つ。すると今度はそれをクーロン先生が受け流し、ふたたび攻撃に転ずる。そんな間断ない攻防戦を続けながら、ふたりは会話を続けていく。

「そもそも職員室でみっともなく騒いでいるお前が悪い」

「騒いでないっての！　ムイちゃんが質問するのを、待ってたんだって！」

「待つなら廊下にしろ」

「別にいいだろ！　ちょっと迎えに来たって！」

「ならばさっさと出て行け」

「だからぁ！　ムイちゃんの質問がまだ終わってないの！」

ふたりの壮絶なやりとりに圧倒されかけた俺だが、すぐに重要なことに気づく。

このままでは遅かれ早かれ、周囲の人たちの注目の的になるだろう。いや、むしろもうなっている気もする。周囲の教育実習生たちはすでに避難を開始しているぐらいだ。

たとえ注目の中心にいるわけでないにしろ、目立つのは苦手だ。

なんとかこの場を納めなくてはいけない。

「あ、あの……！」

俺は席から立ち上がり、はてなき攻防戦を制止しようとふたりの両肩に手を伸ばした。

「先生、いけません！　危ないです！」

ムイさんが慌てた様子で言った直後、俺は腹と顔面に衝撃を受け……気を失った。


意識を取り戻したとき、俺はベッドの上にいた。

ぼんやりと天井を眺め、周囲を見回すとベッドを囲むカーテンが目に入った。

病院？　いや、そのわりには病院独特の喧噪《けんそう》がない。ということは、保健室か。

気を失う前の最後の記憶は、クーロン先生とシェン君に頬と腹に一発ずつくらったものだ。

俺が伸ばした手を、向こうは軽く振り払うつもりだったのだろうが、まるで真正面から車と激突したようなすごい衝撃だった。

きっと顔も腫《は》れ上《あ》がっているに違いない。明日からの授業、大丈夫かな……と俺は怖々と一発くらった左頬に手をやる。

「……あれ？」

間違えたかと思い、慌てて反対の頬を撫でたが、予想に外《はず》れて右頬も普段と変わった様子がない。

つまり、どちらも腫れ上がっている気配がない。

「なんで……？」

俺は混乱しながら起き上がり、ワイシャツとアンダーシャツをいっぺんにたくしあげた。

ここをなぐられた記憶は間違いなくあるのに、腹にもそれらしき痕跡《こんせき》は見当たらない。

なんだこれ。意味がわからない。

「おー、目が覚めた？」

シャッと軽快な音を立てて、カーテンが開かれた。

突然明るくなった視界に、思わず目をつぶりそうになりながらも、現れた人物を見る。

保健医のイチコ＝ネムリ先生だった。

「あの、俺……あっ！」

慌ててまくりあげていたシャツをおろすと、ネムリ先生は「あ、待て待て」とベッドサイドに腰掛けてきた。

ふわりと香ったのは、香水ではない。その独特な香りに顔をしかめそうになったのだが、続けて言ったネムリ先生の言葉にすべてが吹き飛んだ。

「お腹《なか》見せて」

「ええ!?」

とっさのことにシャツを握る手に力をこめてしまう。しかしネムリ先生は躊躇《ちゅうちょ》することなく俺の腕をどかし、シャツをふたたびめくった。

「お腹、ファンにやられたんだろ？　確認しないと」

「あ！　え、あ……。あの……俺ってやっぱりクーロン先生の一撃で気を失ったんですよね？」

気になっていたことを確認すると、ネムリ先生は頷いた。

「うん、そうそう。あとシェンのもね。あんな武闘派たちから一発ずつくらうなんて、災難だったね」

こっちは気を失ったのだから、その一言で収まる状況ではないと思うのだが、先生は特に気にした様子はなく、俺の腹のあちこちに触れる。

「痛いかい？」

「いえ、全然……」

「おっけー。シャツ、戻していいよ。次、顔ね」

そう言って、今度は俺の頬をしげしげと見つめるネムリ先生に、俺は思い切って尋ねた。

「あの……俺、やられたはずなのに、痕《あと》とか全然残ってないんですけど、これってどういうことですか？」

「あー、それね。んー、まぁなんというか、説明すると長くなるんだけど」

頬の確認も終わったのか、ネムリ先生は立ち上がる。

「私の腕が良かったってことかな？」

「それを言うなら、オレの技術だろ」

そう言って会話に入ってきたのは、化学のニコ＝フォーゲイル先生だ。いつからいたのか、カーテンの向こうに立ち、こちらを見ていた。

「オレの持つ技術をもって、お前に傷が残らないよう処置をした。感謝しとけよ」

「はぁ……」

「ちょっと、ニコ。それを言うなら『オレとイチコの技術』でしょ。私だって技術開発に協力してるんだから」

「再生医療の分野はオレが特化してたんだから、今回はオレの技術だろ」

「でも、体内スキャニング装置の簡易化は私が手がけていた技術なんだけど？」

ネムリ先生とフォーゲイル先生が睨《にら》み合い、目には見えない火花を散らしている。

よくわからないが、保健のネムリ先生と化学のフォーゲイル先生は仲がいい……いや、なにやら競い合っている雰囲気からして気の合うライバル関係みたいなものなのだろうか。

でも正直なところ、今日はもうこれ以上争いに巻き込まれるのはゴメンだ。

「あ、あの！　俺のことでご迷惑をおかけしました。すみません」

てっとり早く争いごとから抜け出そうと、今度は俺が話に割って入った。

「そろそろ職員室に戻ります。……うわっ、昼休み終わってる！」

腕時計を見た俺は、慌ててベッドを下りようとした。

だがそれをネムリ先生に制される。

「ダメダメ。もうしばらく寝てなって。傷痕は残ってないけど、治療するのに体力使っちゃったから。校長先生にも伝えてあるし、大丈夫だよ」

「ですが、午後は他の先生の授業の見学が……」

「それについても大丈夫。ちゃんと手立てを考えておいたから」

「手立て？　なんですか、それ？」

「いいから、休んどけ」

なぜかフォーゲイル先生が近づいてきて、俺をドンッとベッドへと押し倒した。

ぎょっとして先生を見上げれば、ギロリと睨まれてしまい、黙らざるをえない。

「ニコ。そんな言い方じゃ、余計に不安になるよ」

俺の悲壮な顔を見て同情してくれたのか、ネムリ先生が俺の気持ちを代弁してくれる。

「え？　あー……。まぁなんつぅか、ともかく心配するな。むしろ謝るのはこっちだしな」

「え……？」

どういう意味かわからず、俺は呆《ほう》けた声を出してしまった。

フォーゲイル先生に謝罪されるようなことはされていない。強《し》いて言えば、先ほどベッドに押し倒されたのが、思いのほか怖かったぐらいだ。

俺が理解していないことを、やはり表情から察してくれたのだろう。フォーゲイル先生が決まり悪そうに頭をかいた。

「悪かったな、その、痛い思いをさせて。ファンはまだしも、シェンのやつ、一般人に怪《け》我《が》を負わせるなんて……。ったく、なに考えてんだ、あいつは」

「なにも考えてないよ、きっと」

「ありうるな。せっかくあいつが楽しんでる学園生活だってのに、悩みの種を増やすなよ」

「ほんとだねー。今回のこと、なんとか風子《ふうこ》ちゃんにバレないようにしたいけど……」

どうやらこのふたり、シェン君やクーロン先生とかなり懇意《こんい》にしているらしい。だから俺に危害を加えたしまったことをふたりに代わって謝罪したいということのようだが、ネムリ先生がなにやら気にするフウコちゃんとは……？

「あ、あの……」

「あん？　なんだまだ起きていたのか、さっさと寝ろ」

この流れで眠れるわけがない。

それにやっぱり教育実習中なのに、こんなところで休んでいる場合ではないはずだ。

俺は反論しようと口を開いたのだが、続いたフォーゲイル先生の発言に、声を発する前に口を閉じざるをえなかった。

「あんまし手間をかけさせると、治した傷を復元させるぞ」

それは冗談のような内容だったが、見上げたフォーゲイル先生の顔からは「本気」しか感じられず、先生にまつわる数々の噂《うわさ》も小耳に挟んでいる以上、「先生ならやりかねない」と直感できた。

俺は仕方なく、横たわったベッドのかけぶとんを自分にかけ直す。

「いい子だね。心配せずにゆっくり休んで」

そう言ったネムリ先生がフォーゲイル先生をカーテンの外に押し出し、自身も外に出て行く。

俺は胸の奥に広がるモヤモヤとしたやるせなさを吐き出すように深く息を吐いた。

仕方ない、いまは他にできることがないのだ。

そう思ってまぶたを閉じると、間を置かずに意識は眠りの中へと落ちた。


次に目を覚ましてまずしたことは、時間の確認だった。

腕時計の針はすでに放課後を指している。

俺はため息をついた。まさかこんな形で一日を消費してしまうなんて。徒労感を覚えながら立ち上がり、おや……と目をみはった。

体が軽い。気を失う前よりも体がすっきりとしている。どうやらネムリ先生が言っていた通り、体力をそれなりに消耗していたようだ。

しかし、気を失うほどの傷を負ったのに、それをすっかり治してしまうネムリ先生たちの技術とは、いったいなんなのだろう。

再生医療がどうのと言っていた気がするが、傷痕もすっかり治す技術なんてニュースでも聞いたことがない。

そういえば小耳に挟んだフォーゲイル先生の噂のひとつに、先生の授業はそのあまりの高度さに生徒たちが苦労しているというのがあった。しかし一方で、授業中に行う実験もその高度さゆえに生徒たちの好奇心を刺激して人気らしい。なんでも先生が私物の実験器具を学校に持ち込んでいるので、高校生とは思えないレベルの実験ができるのだとか。

しかし、私物の実験器具ってなんだろう。そんなものを持つ高校教師がいるのだろうか。

いや、いるから現状そうなっているわけで。

とにもかくにも、フォーゲイル先生が事実すごいということを、俺は身をもって知ってしまったわけだ。あのとき、先生に逆らわずにベッドで眠ったのは、正しい選択だった。

ということは、そんな先生と同レベルで話しているらしきネムリ先生も実はすごいのだろうか。

そんなことを考えながら、俺はベッドから立ち上がり、仕切っていたカーテンを開けて保健室を見回した。

　ここの主の姿を探すが、見つからない。俺が寝ていたのだから、帰宅したということはないはずだ。

　再度念入りに室内を見回していると、窓外の景色が目にとまる。

　保健室は校庭に面した一階にある。その校庭側の窓の向こうに、くゆる紫煙がふたつ。

　もしやと思って校庭への出入り扉を開け、身を乗り出して窓の下を見る。

「おや、起きたのかい？」

　窓の下、花壇の縁《へり》にしゃがむようにしてネムリ先生とフォーゲイル先生がたばこを吸っていた。ネムリ先生にいたっては、たばこを持つ手と反対の手にはグラビア雑誌を持っている。かなりのくつろぎモードだ。

　先ほど触診をしてもらったときに、ネムリ先生からたばこの香りがしていたから、おそらく喫煙者だろうとは思っていたが、まさか保健室のすぐそばで吸っているなんて。

　俺の視線がたばこに行っているのに気づいたらしく、ネムリ先生がニヤリと笑った。

「その顔は、『保健医がたばこを吸うなんて非常識だ』って考えてるね？」

「……そんなことはありません」

　図星だったが、否定する。本心を口にして良いことはひとつもない。

しかし、ネムリ先生はやけに楽しそうに口元をゆるめると、立ち上がってこちらへとやって来た。

「いいからいいから、無理しない！　思っていることはちゃんと言ったほうが健康にはいいよ。それに私は保健医だ。教育実習生の態度にもの申して減点するなんて権利はないから、安心して」

どうして俺が不満を持っていることを前提で話を進めるのだろう。

たしかに不満はあるが、必要以上のことは話さないようにしているのに。

「どうだい？　何か言いたいことがあるんだろう？　ほらほら」

ネムリ先生は挑発するかのように、グラビア雑誌で俺を扇ぐ。ぬるい風が顔に当たってうっとうしい。

これはもしかして、何か言わないと解放してもらえないのでは？

そう思い至った俺は、仕方なく口を開いた。

「……強いて言えば」

「ふむふむ。なんだい？」

「たばこ臭《くさ》いですね」

「え……」

どこか楽しげだったネムリ先生の動きが止まる。

そのまま、すすす……と音もなく後ずさると香りを確認するように白衣の袖《そで》を鼻元へと近づけた。

「臭い？　え、ほんと？」

上目《うわめ》遣《づか》いに尋ねられ、俺は肯定の意味で頷く。

「ええ～～っ！」

意外にもネムリ先生はショックだったようで、膝《ひざ》を抱えるようにうずくまってしまった。

「うかつだった……！　喫煙場所だけ気をつければイケるとばかり……！」

「なんだよ、そんなの気にすることか？」

「あんたは黙ってて」

ニヤニヤとおもしろがっている様子のフォーゲイル先生にネムリ先生がぴしゃりと言う。

「そもそも私が匂うってことは、あんたもたばこ臭いってことだからね!?」

「それがどうした？　まさかいまさら『私、匂うのは困る～』なんて言わねぇよな？」

「言わないよ！　ただ、若い子と向き合うのに、たばこの匂いはまずいだろ!?」

「大人の匂いと思って、諦めてもらえよ」

「そんなの、こっちのエゴだ。保健室には体調の悪い子が来るのに、たばこ嫌いの子が休めないんじゃ、意味がないだろう？」

「だったら吸うのをやめるのか？」

「いや、それはない」

ないんだ……。途中まで生徒思いの先生かと思っていたが、結局は自分の嗜好品《しこうひん》については譲れないようだ。

「これは早急に対策を立てないと……」

グラビア誌を持ったまま腕組みをするネムリ先生は、そこでようやく俺がいたことを思い出したらしく、照れたような表情を浮かべて立ち上がった。

「ありがとな、指摘してくれて」

「いえ……」

感謝されるようなことを言ったつもりはないので、どう返していいのか迷っていると、ちょうど背中側、廊下に面している保健室の入り口から声が聞こえた。

「やぁ、お待たせ」

振り返ると、入り口の上枠に手をつけ、その長身を折り曲げてくぐるように入ってくるビリー＝アルフレッド先生の姿があった。

突然の登場に俺は慌てて背筋を伸ばす。比べられるともれなく自信を喪失してしまう同じ教科の先生のそばは、いつも逃げ出したくなる気持ちを隠すのに必死だ。

「よう、ビリー。待ってたぜ」

フォーゲイル先生が俺の脇をすり抜け、アルフレッド先生へと近づいていく。名前呼びということは、このふたりも仲がいいのだろうか。

「突然のことなのに悪いな」

「いやいや、ファンとシェンのフォローをするのもボクたちの仕事でしょう。それで、噂の教育実習生は……ああ、そこにいるね？」

フォーゲイル先生に向いていたアルフレッド先生の顔が、俺のほうへと向けられる。疑問形ではなく、確認するような言い方からも、まるで室内の様子が見えているかのようだ。けれど、濃いサングラスの向こうのまぶたは閉じたまま、動くことはない。

「あの……自分になにか？」

緊張して答えると、アルフレッド先生がおやと首を傾《かし》げた。

「あれ？　聞いてないのかな？」

「え!?　なにをですか!?」

実習に関することで、なにか至らない点があったのだろうか。それとも、何か大事なことを聞き逃《のが》していただろうか。一瞬で体温が下がり、何も考えられなくなる。

そんな俺に、アルフレッド先生は笑いかけた。

「その声からして、何も聞いていないようだね。大丈夫だよ。ひとまず出ようか」

「出る!? なにかの会議を忘れてましたか!?」

慌てる俺に、なぜかアルフレッド先生が今度は楽しげに笑い出した。

「あははは! 大丈夫、そんなに緊張しないで。出るっていうのは、出かけるってことだよ」

「え!? え、あ、はい……? えっと、どこにですか?」

「ボクと大人のデートだ」

軽やかに鼻歌をうたいながら保健室を出て行くうしろ姿に、俺の思考は完全に停止した。


大人のデートは、たしかに大人にしかできないデートだった。

なにせ連れて行かれたのは、地元でも名の知れた料亭だったのだから。

たしか、ここの一人息子が三年生に在籍していると聞いたことがある。そのせいもあるのか、アルフレッド先生は何度か訪れているようで、給仕さんに案内されながらも慣れた様子で料亭の廊下を進んでいく。かたや俺はまったく馴染《なじ》みのない高級感に怯《おび》えながら、先生に遅れないようにそろそろと歩くのが精一杯だ。廊下を歩くのだって、こういうところは作法とかあるような気がして、気が気ではない。

通されたのは、六畳ほどの個室だった。掘りごたつ式のテーブルを挟んで座椅子が向かい合っている。それだけなら普通の居酒屋にもありそうだが、この部屋には床の間がついていた。まごうことなき高級感に俺はすでに息切れしそうだ。

それにしても、なぜアルフレッド先生は俺をこんなところに連れてきたのだろう。

出されたおしぼりでおっかなびっくり手を拭《ふ》いていると、アルフレッド先生が言った。

「若い人にはもっと気軽なお店がいいのかもしれないけど、いろいろあってこの店にいたほうがボクにとって都合がいいんだ。ここ、どの料理も美味《おい》しいから、期待していて」

「はい……。あ、ありがとうございます……」

「お代のことは気にしなくていいから。これはファンとシェンがきみの時間を奪ってしまったことへのお詫び、というより埋め合わせだからね」

「あの……お気持ちは嬉しいのですが、ここまでしていただかなくても……」

「そうはいかないよ。これは山岡校長からの依頼でもあるんだ」

「校長先生の、ですか？」

意外な名前の登場に俺は思わずオウム返しに聞いてしまう。

アルフレッド先生はにこやかに頷いた。

「今日の午後は、別の先生の授業を見学に行く予定だったんだよね？　それを保健室で寝かせてしまったんだから、申し訳ないとおっしゃっててね。代わりといってはなんだけど、せめてボクと話す時間が取れたらいいんじゃないかって提案されてね」

「……！」

俺は息を呑んだ。まさか山岡校長がそこまで気を遣ってくださるとは。

そういえば、保健室で寝るようフォーゲイル先生に脅《おど》されていたとき、ネムリ先生が「手立ては考えてある」と言っていた。もしかしたら、フォーゲイル先生たちが山岡校長にいろいろと話をしてくれたのかもしれない。

——なんて迷惑な。

瞬間的に心に浮かんだ捻くれた感想に、我ながら情けなくなる。

もちろんアルフレッド先生が嫌いだから、ということではない。むしろ、尊敬している先生のひとりだ。

でも、いやそれ故にか、比較しても仕方がないと思っていても、アルフレッド先生のそばにいると、どうしても自分の不出来さを自覚してしまうのだ。

それに余計なことを言って、ひそかに尊敬する相手に失望されたくない。

でも、せっかく時間を作ってもらったのに何も言わないでいるのはどうなのだろう。

どうやってこの難局を乗り切ろうかと真剣に悩んでいると、先生が「そう考え込まないで」と笑った。

「無理にかしこまった話はしなくてもいいんじゃないかな。ひとまず美味しいお料理を食べて、美味しいお酒を飲んで、楽しく話せれば、今日はそれだけで十分さ」

「そうですか……？　でも私は、さほど楽しい話はできないと思いますが……口下手《くちべた》ですから」

最後の部分は謙遜ではなく、本音として付け加えたのだが、先生は気にした様子もなく、ほがらかな笑顔を見せた。

「だったらボクにいろいろ質問させてくれないか。この平和な国の、普通の大学生と話す機会なんていままでなかったから、楽しみにしてたんだ」

なんだかずいぶんと大げさな表現だと思ったけれど、それで変な沈黙を生まなくてすむのなら安いものだ。

俺は「わかりました」と返事をした。

話す上で、アルフレッド先生はひとつ注文をつけてきた。

「ビリーと呼んでくれないか。これまでそっちで呼ばれることが多かったから、ファミリーネームで呼ばれるのは堅苦しくてね」

さすがに呼び捨てにはできないと恐縮する俺に、「気楽な会にしたいんだよぉ」と先生は子どものような駄々をこねてきた。

授業の様子からユーモアのある人だとは思っていたが、そんな一面があったのは意外だ。しかし折れるわけにもいかないので、なんとか交渉のすえに「ビリー先生」という呼び方で収まった。

ビリー先生は話し上手でもあったが、聞き上手でもあった。

先生に問われるままに話すと、ひとつの質問から話題が豊富に広がっていく。余計なことをしゃべってしまう悪癖が出ないように言葉を選びながら慎重に話していたはずなのに、気づくと自分の胸の奥にあったものを話してしまっている。

不思議なことに、先生に聞いてほしくなるのだ。

だからだと思う。

俺が教員を目指しているわけではない、と話してしまったのは。

「なんとなく、そんな気はしていたよ」

ビリー先生は気を悪くしたふうでもなく、まるで謎解きの答え合わせをするように楽しそうだった。

「はじめて学校に来て挨拶をしたとき、教育実習生たちがみんなして目指す先生像を語っただろう？　そのとき、きみの声には迷いがなかった」

「迷いがなかった？　それがどうして……？」

「何度も練習したと思ったのさ。間違えないように、自分に言い聞かせるように繰り返し練習している。本心じゃないからだろう？」

「……おっしゃる通りです」

「見えないからね、よく聞くようにしているんだ。安心していいよ。他の人は、疑っていないと思うし、気づいたとしても気にしないさ」

俺の疑問と不安も的確に察してしまうあたり、ビリー先生の前では隠し事は無理な気がした。

「ただ、教員を目指していないというわりには、きみは努力家だと思ってるよ。休み時間もいつも教科書かノートをチェックしている音が聞こえていた。真面目なんだね」

「要領が悪いだけです。人の倍は努力しないと、成果を残せない。……昔から、そうなんです」

そう、昔からなのだ。子どもの頃から淡泊なせいか、なにかに熱中することもなく、ただただ毎日を無難に過ごしていた。

捻くれた心の声を言葉にすると人と衝突するとわかってからは、ことさら発言を気をつけ、人との接触は最小限にとどめるよう心がけた。

青春と呼べるような輝く時間を持つことなく大学に入って、ようやく自分の価値に気づいた。

自分は何者にもなれない。何かを為《な》せるような人間ではない。

それに気づいたとき、自分という人間におおいに落胆したが、淡泊だったのが幸いして抗《あらが》いようのない事実を受け入れるのは難しくなかった。

長い人生を、なんの取り柄《とえ》もない人間が生きて食べて暮らしていくには、それなりの計画が必要だと思った俺は、ひとまず資格をとることにした。

それが教職だった。

情緒も感じない、他者とまともに関わってこなかった人間が教鞭《きょうべん》をとれるわけがない。それでも資格があれば、なにかしらの食べて行く術《すべ》を見つけられるのでは、という計算に縋《すが》ったのだ。

「縋った……か」

俺の話を聞いたビリー先生が、言葉をなぞるように繰り返す。

「日本人は謙遜が美徳というらしいけど、きみは少し自分を卑下しすぎていないか？　ボクからしてみれば、きみはこれからいくらでも未来を選べる若者だ」

ビリー先生は諭すように優しく言ってくれる。だが、それで納得できる素直さがあれば、もっと明るい青春を送れていただろう。

「私はなにかを選べるような立場じゃないですよ。気をつけないと、つい余計なことを言って他人を不快にさせてしまいますし」

「そうかい？　ボクはきみと話していて、嫌な気持ちにはならないよ。じゃなきゃ、頼まれたからといって、こうやって食事には誘わないさ」

にこりと笑うと、「箸《はし》が止まってしまったね」と先生はまるで見えているかのように、つい先ほどテーブルにのった皿に箸をのばし、器用な手つきで料理を口に含む。

「うん、おいしい！　これ、なんていう料理だったっけ？」

「丹波《たんば》牛のしゃぶしゃぶだそうです」

俺も先生にならい、皿に一枚だけのせられた肉とその上にのせられたクレソンを一緒に口に運ぶ。一口嚙《か》むとじわりとうまさが広がった。

これまでしゃぶしゃぶというのは、自分のリズムで湯通しして食べるものだと思っていたのだが、ここでは料理人さんが自ら一枚ずつ丹念に湯通しし、薬味のクレソンと共に皿に盛って出してくれた。さすが料亭。

ビリー先生の分は、牛肉で丁寧にクレソンを巻いてあった。食べやすくするためだろう。さすがは料亭。

「しゃぶしゃぶって、日本に来てからはじめて食べたけど、おいしいよね」

「そうですね。ここの店を知ってしまうと他では食べられなくなってしまいます」

「そりゃ悪いことしちゃったな。ごめんね」

先生がやや大げさに申し訳なさそうに言うので、俺は慌てて首を振る。

「あ、いえ！　そういう意味では……すみません」

また余計なことを言ってしまった。俺は軽く頭を下げる。見えていない先生に頭を下げることは謝罪にならないのでは、とちらりと思ったが習慣は抜けない。

「なんで謝るの？　きみの話はおもしろいのに」

「え？」

意外な言葉に、下げていた頭を上げる。ビリー先生は見えないはずなのに、俺の顔を正面から捉《とら》えていた。

「もっと自分の意見を言ってみたらどうだい。気持ちを伝えることは、とても大事だよ」

「……和を乱してまで伝える気はありません」

「んー、まいった。なかなか手強《てごわ》いな」

言っている内容とは逆に、先生はなぜかますます楽しそうだ。

「きっとはじめて会ったときの風子も、いまのボクと同じようなことを思ったのかもね」

フウコ？　聞き覚えのある名前に、俺は軽く首を傾げた。

そうだ、たしかフォーゲイル先生も、その名前を口にしていたような……。

「最近観た映画の話をしていいかな？」

「へ？」

ビリー先生がいきなり振ってきた話題に、俺の思考が止まる。

「おもしろい映画を観たんだよ、少し前に。いいかな？」

にこにことしながら尋ねてくる先生に、俺が反対できるわけがない。「どうぞ」と言うと先生は喉を潤すように水を一口飲んだ。

「戦争の映画なんだ。戦争をはじめたやつらは安全な場所にいて、最前線に配置した金で雇った傭兵たちを数字として動かす。そんな、とてもよくある地獄が舞台だ」

ビリー先生がポケットからたばこの箱を取り出す。一本取り出して、あ……と思い出したように動きを止めた。ここが禁煙だからだろう。ビリー先生も吸うのか。少し意外な気がした。

だが不思議なことに、たばこを手にした瞬間、先生から教師の仮面がするりと落ちたように見えた。仮面、と言っていいだろう。これまでの親しみやすい印象はそのままなのに、どことなく底知れない凄みを感じさせる。それはとても教師の顔じゃない。いままで気にしてなかったが、そもそもビリー先生の日に焼けた肌は教師というよりもスポーツ選手を連想させる。いや、特化した筋肉を使うスポーツではなく、全身の筋肉を使う、もっと別の……。

俺がたばこを気にしていると思ったのだろうか。先生は照れたように「吸わないから大丈夫だよ」と苦笑してみせた。

「ああいうのを思い出すと、どうもたばこが欲しくなるんだよね。ボクも弱いなぁ」

思い出す？　そんなに印象的な映画だったのだろうか。

先生はたばこを指に挟み、もてあそびながら続ける。

「その地獄は大義を掲げてはじまったんじゃなく、とある宝物をめぐっての争奪戦だった。戦地では血で血を洗う激戦が続いた。そんな中で、前線を任された傭兵部隊の隊長には野心があった。雇い主に渡すぐらいならその宝物を手に入れようと考えていたんだ。なぜなら、その宝物というのが、世界の均衡《きんこう》を崩すような超古代兵器だったからだ」

……おや？

先生のなめらかな語り口に聞き入っていたが、物語は予想していた方向とは違うところに向かっている気がする。

地獄というから、シリアスな戦争映画を思い浮かべていたけど、もしかしてエンタメ系なストーリーなのだろうか。

「傭兵の隊長は、その超古代兵器を自分たちの部隊が手に入れて世界の敵になろうとしていた。共通敵がいれば、国家間の争いはなくなる。戦争がひとつでも減り、弱者が苦しまない、そういう公平な世界を作りたかったんだ。……笑うかい？」

なんと答えるべきか迷った。

その隊長の目指すものはわかる。けれど、ずいぶんと願いが高潔すぎないだろうか。そんな自己犠牲をする人が、映画の中とはいえリアリティを持って存在するのか、あやしく感じられる。

俺の沈黙をどう捉えたのかはわからないが、ビリー先生はふたたび口を開いた。

「隊長は超古代兵器を手に入れる寸前までいけた。だけど、そこに横やりが入った。第三勢力だ。第三勢力といっても、どこかの国の部隊でもなく、少数精鋭の独立部隊なんだよ。その独立部隊のボスは、隊長の未来を知る、未来のような過去から来た少女だった」

「はい？」

黙って聞くつもりが、思わず声が出てしまった。

「その映画、タイムトラベルものだったんですか？」

「うーん、どうだろうね？」

「どうだろうね、って……」

戸惑う俺にビリー先生はくっくっと喉で笑う。

「そうだよね、すごい展開だよね。でもね、これからがもっとぶっ飛んでるんだよ。ボスは隊長に言うんだ、『抱えちゃダメですよ、一人で何でも。それこそ不公平じゃないですか』って。世界の敵になろうとしていた隊長に、一緒に闘《たたか》う仲間になろうと持ちかけた。ボスは未来のような過去で、その隊長がわざと嫌われ役になって世界の敵として戦おうとしたけど、そのせいで悲しんだ友達を救うためにも、隊長を救いたいと思ってやって来たって言うんだ。どうかな、わかる？」

「…………ちょっと情報量が多すぎて理解しきれないです」

「そうだよねー！　ボクもそう思う」

ビリー先生はやけに楽しそうにうんうんと頷く。

「あの……その映画のタイトルを聞いていいですか？　むしろ一度観たほうが理解できる気がします」

「あー、そうなるよね。うーん、そうしてほしいのは山々だけど、一回きりの上映でねー」

上映が一回って、そんな映画あるのか？

思わず眉間《みけん》に皺《しわ》を寄せて考え込んでいると、先生は「ここからが本題なんだけど」と、指に挟んだたばこを上下に振った。

「結局、隊長はそのボスの少女を信じるんだ」

「信じるんですか!?」

「うん。もちろん信じるにはちょっと……いや、かなり証拠が足りなかった。でもね、ボスはきちんと話してくれたから。なぜここに来たのか、なにを望んでいるのか、これからどうしたいか。それを話すボスに嘘《うそ》はないと感じて、信じてみる気になったんだ。ただ……まぁ、最後の決め手は覚悟と実力を見せつけられたから、だけどね」

先生が指先で顎《あご》を撫でる。すると、どことなく教師の顔が戻った気がした。

「きみは不快にさせるからと言葉を飲み込むそうだが、自分の意見は言葉にしなきゃ伝わらない。第一、きみの言葉が常に相手を傷つけるとは限らないだろう?」

それにね、と先生は一区切り置いた。

どこかバツが悪そうに、先生は髪をかきあげる。

「どんな大義名分があっても、真意を飲み込むのは、誰かを悲しませることだし——映画の隊長のように相手を信じられないという、弱さだ」

弱さ、という言葉にドキリとする。

それは薄々気づいていたことだったから。

だけど。

「いまさら、難しいですよ……」

「そうなの?　まぁ、そうか……」

ビリー先生は少し眉を下げて寂《さび》しげに笑った。

「ボクみたいに付け焼き刃な教師に言われてもって感じだよね」

「えぇっ!　どこがですか!?」

さすがの俺も思わず本心が言葉となった。

口頭授業オンリーという技を持つ先生が付け焼き刃とは、どの口が言うのだ。その口か。

俺は信じられないという批難をこめて、先生の口を見つめた。

しかし先生には伝わらなかったようで、「そうはいってもねぇ」と指に挟まれたたばこがもじもじするように揺れる。

「先生に向いているとは思えないんだよねぇ。前職が前職だしさ。ただ、頼まれたからには、全力を尽くしたいと思ってはいるんだ。あ、これはニコやイチコ、それに一心……じゃなくて、山岡校長も一緒だと思うけど」

「？　どういう意味ですか？」

「どうあがいても先生ぽくないボクらができることといえば、その場所でできる最善を尽くすだけってことさ。そうやってできることを積み上げていけば、いつか風子《やさしい人》を囲む日常がしあわせに染まるだろうから」

恩返しみたいなものだね、と先生は嬉しそうに笑った。

なんだかビリー先生らしくない、奥歯にものが挟まった言葉だと思った。

でも、わかりやすい説明を得意とするビリー先生が、こんなに婉曲《えんきょく》に伝えるということは、きっと明かせない〝なにか〟があるのだろう。それでもその〝なにか〟の輪郭《りんかく》をなぞるようにして、俺に言葉をかけようとしてくれているのは感じられた。

なのに、言うべきことがわからず、沈黙してしまう自分が恨めしい。

けれど先生は気にした様子もなく、サングラスの奥で目元をゆるめて笑ってくれた。

「せっかくの夜だ、これだけは覚えておいて。世界はきみを否定していない。なのに、自分自身で否定する必要はないはずだよ」


翌日の一時間目。俺は担当するクラスがなかったので保健室へと向かった。

ネムリ先生に来いと昨日《きのう》別れるときに言われていたのだ。おそらく怪我の経過を見るためだろう。

保健室の扉は常に開け放たれている。なのでノックをする扉がないので、特に断りもせずにひょいと中へ入った。すぐにネムリ先生を見つけることができた。中央に置かれた丸いテーブルに、女子生徒と並んで座っていた。

始業のチャイムは鳴ったというのに、女子生徒はネムリ先生になにやら熱心に話している。

「で？　で？　先生的にはあのグラビア、どうだった？」

「たしかにオススメしてくれたモデルさんは他と格が違う気がしたよ」

盛り上がっているところに声をかけるのはためらわれた。しかし、この生徒は特に体調が悪そうには見えないが、教室に行かなくていいのだろうか。

逡巡《しゅんじゅん》していると、ネムリ先生が俺のことに気づき、顔をこちらへ向けて片手を上げた。

「あ、きみか。待ってたよ～。はい、こっちに座って」

ネムリ先生が俺を救護用のベンチに座らせる。女子生徒とは背中合わせの位置だ。

背中側でガタガタッと慌てて席から立つ音がした。

何気なく振り向くと、女子生徒がこわばった様子で鞄を抱え、出て行こうとしている。

教室に戻るのか、と思っていると、ネムリ先生が素早く声をかけた。

「あー、待って待って。すぐ終わるから、大丈夫」

「…………」

女子生徒がなにか言ったようだが、声が小さすぎて聞き取れない。

「気になるなら隣の教室、行ってて。今日からオープンしたんだ、くつろぎ部屋」

ネムリ先生はそう言うと、戸口近くの、廊下に対して垂直に面している壁を指さした。

そこにはいつからあったのか、新しい扉ができている。俺が在校していたときにはなかった扉だ。昨日来たときは……それどころじゃなかったから覚えていない。

位置的に、隣の倉庫室に繋《つな》がる扉だと思うが、倉庫室は物が多すぎて長年放置されていたはずだ。

女子生徒にとっても見慣れない扉だったのだろう。彼女もどうしていいかわからない様子で、扉を見つめている。

ネムリ先生はすたすたと扉に近づくと、スライド式の扉を開けた。

「わぁ……！」

女子生徒が小さく歓声をあげた。

暗くホコリをかぶり、常に薄暗かったはずの倉庫室は明るいクリーム色の壁紙に変わっていた。俺が座る位置から室内すべてを見渡すことはできなかったが、物で溢《あふ》れていた昔のそれとは明らかに違っている。

「お、最初のお客さんの登場か」

そういって元倉庫室から出てきたのは、フォーゲイル先生だ。

「!?」

しかし、フォーゲイル先生の姿に俺は目を疑った。

なぜなら、彼の背中からは蜘蛛《くも》の足のようなものが六本も生えていたのだ。蜘蛛の足はうようよと、それぞれ別の動きをしている。よくよく見れば、どうやらそれはロボットアームのようで、フォーゲイル先生が背負った機械から伸びているようだ。

　俺にとってはまさに未知との遭遇な光景だったが、女子生徒とネムリ先生には見慣れた光景らしく、ふたりとも驚いている様子はない。どうなってるんだ、この保健室。

「突貫工事だが、居心地は悪くないはずだ。ソファでも畳《たたみ》でも、好きな場所で過ごしてくれ」

　女子生徒はフォーゲイル先生に礼を言い、隣の倉庫室に消える。

　倉庫室の扉を閉めると、フォーゲイル先生は大きく伸びをした。

「んじゃ、オレは授業に行く。なんかまた必要だったら声をかけてくれ」

「はーい、ありがとね、ニコ」

　ガシャガシャとロボットアームを収納させながら、フォーゲイル先生は保健室を出て行った。

　呆然《ぼうぜん》と見送る俺の体を、ネムリ先生は手早く触診した。

「はい、おしまい。問題なさそうだね。なにより、なにより」

　手早くカルテを書くネムリ先生に、俺は思いきって尋ねた。

「あの……隣の部屋はいったい……？」

「ああ、あれね。保健室だけじゃ、どうも安らげない生徒がいるから、使ってない倉庫室をニコに改造してもらったんだ」

「改造……？」

「うん。荷物片付けて、掃除して、リフォームして、くつろぎ部屋にしてもらった」

「フォーゲイル先生がやったんですか？　ＤＩＹで……？」

「まぁ、そんなとこだね。あいつのロボットアーム、便利なんだよ。脳波で動かすのに慣れれば、倉庫室の片付けも一日だよ」

「一日!?」

思わず聞き返す。思い出すのは卒業前にちらりと見た倉庫室の在《あ》りし日の姿。うずたかく積まれた机と椅子。いつ使うのかわからない看板用のベニヤ板や廃棄したほうがよさそうなロッカーなどが散乱していた。運び出すだけでも時間がかかる。それにフォーゲイル先生には、担当する授業だってあったはずだ。

「あの部屋、私も見ていいですか？」

「気になる？　でもごめんね、いま使ってる子がいるから」

ネムリ先生がちらりと、元倉庫室もとい、くつろぎ部屋を見た。その目が、閉ざされた扉ではなく、その向こうにいる女子生徒を見ていることぐらい、俺にもわかった。

「あの子、ずっと学校に来られなくてさ。ずっと家で苦しんでたんだって。でも最近、ようやく保健室には来られるようになったの。ただ、慣れない人の前だと萎縮しちゃって……。保健室っていろんな人が来るでしょ。それで少しでも居心地がいい場所を作ってあげたくて、あの部屋を用意したんだ」

不登校の生徒だったのか。そういえば、自分が在籍していた頃も、クラスに不登校の生徒がいた。いつになっても、学校に息苦しさを覚える人間はいる。

「学校だけが世界じゃないけど、それを知るためにも家の外の世界には触れたほうがいいと、私は思うんだよね。勉強って、学ぶって、すごくおもしろいのに『学校に行けなかった』って気持ちが、自分を押し潰しちゃって、なにもできなくなるのはもったいないからね」

長い前髪のせいで先生がどんな眼差しで扉の向こうを見つめているかはわからなかったが、ゆるく笑んだ口元が彼女の優しさを教えてくれた。

ふと、昨日先生が熱心にグラビア雑誌を見ていたのが思い出された。きっとあれも彼女と話をするためのものだったのだろう。

そう思っているうちに、はっとする。そういえば、先生からたばこの匂いがしない。禁煙したとは思えないが……とあらためて確認するように鼻で呼吸をすると、ネムリ先生に見られてしまった。

「あ、たばこの匂いしないなって思ったでしょ？　ふっふっふー。ジャジャーン！　これを開発しました」

ネムリ先生がそう言って白衣のポケットから取り出したのは、小さな香水瓶だった。透明な液体が瓶の中で揺れている。

「消臭スプレーだよ。最近市販のものもあるらしいけど、たばこの匂いに特化しているのを作っちゃった」

「作っちゃった!?」

あっさり言うネムリ先生に圧倒される。昨日言って、今日にはできあがるものではない。

呆気《あっけ》にとられていると、ネムリ先生がにこりと笑った。

「きみがちゃんと話してくれたおかげだよ。ありがとね」


ネムリ先生の感謝の言葉は、どことなくむずがゆかった。

たばこ臭いと言ったのは、けっして善意からではない。ただ事実と、ネムリ先生から解放されるために発した言葉で、俺の中では悪癖による発言に近い。

昨日のビリー先生の言葉がよみがえる。

「きみの言葉が常に相手を傷つけるとは限らないだろう？」

たった一度の成功体験だけで、あの言葉が響くなんて自分でもチョロすぎだと思う。

だけど悪い気はしないまま職員室の扉を開けると、職員室にはまったくそぐわない大声が中から迎えてくれた。

「ファン先生！　いや、ファン兄貴！　おねがいしぁーす!!」

「おねがいしゃーす!!」

ドスの利《き》いた声に圧倒され、職員室の扉を開けたまま固まってしまう。おそるおそる視線を声の方向に向けると、ご自分の席に座るクーロン先生の前に、六名ほどの男子生徒が並んで頭を下げていた。

「おねがいしゃーす！」

「ファン兄貴！」

「兄貴！」

生徒たちは九十度に背を折り曲げて叫び続けている。

俺は音を立てないように職員室に入ると、一番近くにいた先生にそっと尋ねた。

「あれは、いったいなんですか……？」

古典を担当されている年配の女性教師はどこかおもしろがるように口元に手を立てて、声をひそめて教えてくれた。

「あの男子生徒たち、日頃から素行が悪いって問題になってたんだけど、昨日ね、練習中のバスケ部にちょっかいを出したらしいの。そこにね、たまたまクーロン先生が通りかかって。あの生徒たち、クーロン先生に手を出そうとしたらしいのよ」

「……！」

思わず悲鳴が口から漏れそうになる。なんて命知らずのことをしたのだろう。治ったはずの腹の傷がうずきそうになる。

「それでもちろんクーロン先生がこてんぱんにやっつけちゃって。それで……目が覚めたらしいわ」

なるほど。クーロン先生の強さに、心を入れ替えたということか。純粋な強さに心酔して弟子入り（？）を希望するとは、元は素直な心の持ち主なのだろう。それとも、それだけクーロン先生が驚異的な強さを見せつけたのだろうか。

怖いもの見たさで、遠巻きに様子を見守る。クーロン先生は椅子に座って足を組み、腕組みした指先が苛立《いらだ》つように小刻みに二の腕を叩《たた》いている。

これは危険な兆候《ちょうこう》では……？

かといって、下手に近づいて昨日のように気を失うのは、もっと怖い。どうしたものか、と思案していると、副校長が校長を連れて飛んできた。

その後、校長と副校長のとりなしによって一触即発だったクーロン先生の苛立ちはおさまり、「気が向いたときなら」という条件で男子生徒たちのクーロン先生への弟子入り（？）が認められた。男子生徒たちには、素行の悪いところを見つけた場合、即刻クーロン先生との約束はなかったことにするという条件が課された。

「すごいわねぇ。あの子たちがまともになる日がくるなんて、夢にも思わなかったわ」

古典の女性教師がしみじみと言う。

俺も同意見だ。あんな暴挙じみた更生方法、聞いたことも見たこともない。

けれどその日、聞いたことも見たこともない暴挙をもう一度目撃することとなる。

その議題は、職員会議を沈黙させた。

互いに目配せをし合う微妙な空気が職員室を支配する。

古参の先生方になるほど、渋い顔をしている気がした。

いや、古参でなくてもこの議題は渋い顔になる。

「そんなに難しいですかな？」

議題を提出したご本人、山岡校長が困ったように眉を下げて職員たちを見回した。

「ワシはただ『文化祭を復活させたい』、それだけなのですが」

普通の人には驚かれることだが、この高校には文化祭がない。

いまから約六年前、俺が高校一年生のときに中止されて以来、文化祭はやっていない。

中止になった理由は、一部の生徒の暴走が原因だった。

当時の不良生徒たちが、文化祭準備中に校舎内で事件を起こし、その責任をとる形でその年の文化祭は中止となった。

その後、件《くだん》の生徒たちが卒業するまでは、ということで中止は続いた。そして生徒たちが卒業し、晴れて文化祭が行われるだろうと目された年も復活されることはなかった。

職員室からゴーサインが出なかったのだ。

理由は聞かされなかった。けれど、推測はできる。

「どうですかな、副校長先生」

山岡校長が、隣の席の副校長に話を振った。

副校長は「エー……」と言いながら言葉を探す。たしかこの人は、この学校から文化祭がなくなってから赴任してきたはずだ。つまり、以前の文化祭のやり方を知らない。

おそらく復活しない理由のひとつは、時間経過によるノウハウの消失だろうな。

「今年復活というのは、急ぎすぎではありませんか？　予算やそのあたりを考えると、今年の復活は見送り、来年への引き継ぎ課題として回すのが妥当かと」

これも理由のひとつ。資金面での問題。

「それにスケジュールの問題もあります。今年の……たとえば秋に行うとして、準備の時間が足りないと思いませんか。生徒たちも、それに我々も」

さらなる理由、準備期間のなさ。

そして……。

俺はちらりと職員室を見回す。やはり古参の先生――以前の文化祭を知っている先生たちの表情はどちらかと言えば渋い。

そこから推測されるのは、理由のひとつ。これ以上仕事は増やしたくない。

教育実習生という教師見習いの立場だが、この一週間でいかに仕事が多いかは垣間見ている。

生徒たちが主体となった文化祭を行うにしても、教師がなにもしなくていいということにはならない。それこそ数えきれない雑務が発生するはずだ。それを避けられるなら、避けたいと思うのは、ごく自然のことだろう。

もちろん、それを表だって表明はしないだろうが。

今年も復活はないのだろうな。

そう思うと、どういうわけか胸の奥底でもやついたものが広がった。

だからと言って俺に出来ることはなにもない。しがない教育実習生は今週でこの学校を去るのだ。傍観者はそれに徹するのが筋だし、和を乱さないのが一番に決まっている。

副校長の意見に賛成する声はあがらなかったが、深く頷く人は多かった。それが総意として、きっと議事録に残るはずだ。

「ではこれで……」

副校長が職員会議のまとめに入る。

そのとき、校長が手を上げた。

「金銭面の問題なら、ワシがどうにかしよう」

「え？」

副校長が目を丸くして、山岡校長を見た。いや、職員室の職員全員の視線が校長に集まる。

「こう見えて、前職のときに貯めた資金があるのでな。予算をあらたに捻出する必要はない」

「ポケットマネーを出すというのですか!?　そんな公平さを失することできません！」

副校長が慌てて言うと、「じゃあ、ボクも出そうかな」とビリー先生が笑いをこらえた様子で手を上げて言う。

「ボクも前職でそれなりに貯めたお金があるから。全額とは言えないけど資金を提供しますよ。それなら不公平じゃないでしょ？」

「そういう問題じゃありません！　個人の資金で文化祭をするなんて、非常識だという話ですよ!?」

副校長がすかさず反論する。

すると今度は、フォーゲイル先生が手を上げた。

「時間がないというなら、オレのこいつを貸し出すぜ。いまの性能ならこれで、ひとりあたり三倍の速さは保証する」

そう言ったフォーゲイル先生の背中で、あのロボットアームがガチャガチャと音を立てて動く。

見たことのない未来的装置に、職員室は一気にざわついた。

「それは……なんです？」

「オレの作品です。脳波をこいつのセンサーがキャッチするんだが、アームひとつひとつに別の動きを任せることができる。それはつまり同時に六種のことを考える必要があって……もっと知りたいですか？」

「いえ、けっこうです……」

フォーゲイル先生の答えになっていない答えと長くなりそうな説明に、副校長は口をつぐんだ。代わりに山岡校長が嬉しそうに顔をほころばせる。

「それがあれば、おおいに準備時間が短縮できるのう。各クラスに何台かあれば、秋の開催に間に合うのではないかな？」

「量産する体制はいつでもできてるんで、大丈夫っすよ。あと、オレも特許をいくつか取ってるんで、そこの収入なら資金援助できますね」

フォーゲイル先生がニッと笑う。

先生、特許持ってるんだ。いや、持ってないほうがおかしいよな、うん……と明後日《あさって》な方向で感想を抱いてしまうぐらいに、事態は混迷の様相を呈している。

なんとなく……力ずくでも、文化祭復活を目指す勢力が少数だが、出てきていた。

今度はネムリ先生が手を上げた。

「私も開催は今年がベストなタイミングだと思います。以前、文化祭が中止になったのは、一部の生徒が事件を起こしたからですよね？　こう言ってはなんですが、いまの学園で問題を起こしそうな生徒は、ファン先生のおかげでもういないのでは？」

ネムリ先生の発言に、「たしかに……」という声があがる。

「は？　なんでオレのおかげなんだ？」

しかし、クーロン先生だけはうさんくさげにネムリ先生を見つめた。どうやら本人は更生劇について理解していないようだ。

「そのようなわけで、ぜひみなにはこの議題を前向きに捉えてほしいのだ。いかがだろうか？」

山岡校長が職員たちを見回す。

しかし、誰もが視線を避けるようにして顔をそらした。

山岡校長は寂しげに肩を落とす。後押しはあったが少数勢力にしかならなかったのだ。

そのときになって、ふいに疑問が浮かんだ。

校長はどうして、文化祭をやりたいのだろう。

新任だから、実績を作りたい？　いや、それにしては、負担が大きすぎる。メリットになるとは……。

メリット？

――そんなの、生徒のために決まってるじゃないか。

浮かんだ答えに、俺は目を丸くする。

考えるまでもないことだったのに、どうして見落としていたんだろう。

学校に誰よりも早く来て、頼まれたわけでもないのに校内掃除をする先生。その行動の中心には、いつだって生徒への思いやりがある。

ビリー先生も言っていた。

ただ、全力を尽くす。優しい人を囲む日常がしあわせなものになるように。

〝優しい人〟が誰を指すのか、わからない。でも、誰かのために全力を尽くす人は、素直に――すごいと思う。

ビリー先生が話してくれた、弱い人を守るために世界の敵になった傭兵の隊長。そんな高潔な人がいるとは思えないが――いや、そもそもあれはフィクションの存在だから比較しちゃいけないのだが――生徒のために、金も時間も技術も惜しむことなく捧げようとしているこの人たちだって、負けないくらい高潔な存在だ。

その人たちの想いがコミュニティからはじき出されようとしている。

果たしてそれが、俺が「和を乱してはいけない」となによりも優先してきたものの姿であっていいのだろうか。

それはなんだかどこか……不公平じゃないか？

「……いいでしょうか」

上げた手が震える。声も、みっともなく震えている。先生たちの視線が、集まる。

背中に嫌な汗がつたった。でも、ここで踏みとどまっちゃいけないんだ。

「私は……文化祭の復活に賛成です」

ざわり、と先生たちの空気が動く。すぐ隣に座る教育実習生が小声で話しかけてきた。

「なに言ってるんだよ！　俺たち教育実習生だぞ。学校に介入するなよ！」

わかってる。そうだよ、お前の言うことは正しい。

でも、気持ちは言わないと伝わらないから。

「私がこの学校に在籍していた一年のときに、文化祭がなくなりました。そのときは、ただ残念に思いました。それから六年たちますが……」

語尾がかすれて消えそうになる。

意見を伝えるのは苦手だ。誰かを傷つけるかもしれないから。

捻くれたことばかり考えているのが伝わってしまうから。

そして、そんな浅い考えを持つ人間だと、知られるのが怖かった。

いまだってそうだ。心のどこかで、俺の意見が稚拙《ちせつ》だと笑われたらどうしようという、臆病な弱さが体の奥で震え上がっている。

でも、いまはそれを全部飲み込んでおく。

自分の弱さもプライドも、取るに足らないものだと捨て置ける。

先生たちの日常が少しでもしあわせであってほしいという願いのためなら。

俯《うつむ》きそうな顔を上げ、視線を周囲へと向ける。想いを声に乗せる。

「むしろいまのほうが、楽しい時間を過ごせたらよかったのに、という想いにかられます。あんな想いはもういまの生徒にはしてほしくないって思うんです。私は教育実習生で、今年行われる文化祭になんの責任も負えません。なので、これがいかに無責任な発言かはわかっています。ですが、文化祭をしなかった者として、やはり文化祭は復活してほしい。なにより、いまの生徒たちが喜ぶと思います」

手を下ろし、発言は終わりだと伝えるために頭を下げる。

口の中はすっかり乾いてしまった。

職員室は静かだった。

やがて、手が上がった。

古参の古典担当の先生だ。

「私も、復活させたほうがいいと思います。三年生に最後にいい思い出を作ってほしいで

すからね。準備は大変だと思いますが、そこはフォーゲイル先生のお力を借りて乗り越えてみませんか」

長年学校に勤めてらっしゃる人の一言から、職員室には様々な意見が飛び交った。

副校長があげた問題とは別に開催が難しい理由を語る人、フォーゲイル先生のロボットアームを実際に試して、どれぐらい作業効率をあげられるか試算する人、様々だ。

活発な議論の最後の幕引きをしたのは、副校長が提案した多数決だった。

人数を数え終えた副校長は静かに結果を発表した。

「えー、それではみなさん手を下ろしてください。文化祭を復活させるか否かの投票は、賛成多数で復活と決まりました」


その日の仕事を終え、まだ残っている先生方に挨拶をして職員室を出ると、うしろから声をかけられた。

振り向くと、立っていたのはビリー先生だった。

「今日はありがとう。きみの発言のおかげで、流れが変わったよ」

「いえ……私はただ、先生たちの言葉にのっかっただけです」

ビリー先生は一瞬驚いたように眉を上げ、すぐに破顔した。

「謙遜しないで。いや、それでこそきみか。優しいね」

それはあなたたちだ、と、心の中で思い、いつものくせで飲み込みかけるが、これは口に出したほうがいいことだなと思い直す。

「先生たちの優しさがうつったんですよ」

俺がそう言うと、ビリー先生は今度は口を開けて笑い声をあげた。

「きみは実におもしろいね」

「？　そうですか？　ただの捻くれた……ビビリですよ」

「そんなことはないさ。捻くれていると気にしているようだけど、それは多角的に物事を見ることができるということだ。――自分を否定しないで。約束だ」

先生が右手を差し出した。

俺はまっすぐにその手を取り、握手をする。先生の言葉が素直に嬉しかった。

でも、捻くれているからそれが言葉には出ず、結局違うことを言ってしまう。

「なんだか今生《こんじょう》の別れみたいですね」

「そうだねー。きみ、明日も学校に来るんだよね？」

「はい。今週いっぱいは」

「ありゃ、これは格好がつかないなぁ」

ほどいた手でビリー先生がのんびりと顎を撫でる。

俺はなんだか楽しくて、自然と笑みを浮かべていた。

そんな俺たちを包むように、廊下の窓から夕日が差し込んでいる。

淡い朱色に染まる世界を見ても、俺はやはりなんとも思わない。

でも、それでもいいのだと受け止めてもらえるぬくもりが、そこにはある気がした。

Ep.002《エピソード》
バンド、やろうぜ

期末テストを終え、夏休みを間近に控えた七月。校内は異様なほど熱気を帯びていた。

というのも、いよいよ文化祭の準備がはじまったからである。

春に決まった「文化祭の復活」に生徒たちはおおいに喜んだ。そして、開催日が夏休み明けの九月の第二週だと知り、さらにおおいに戦《おのの》いた。

急遽《きゅうきょ》決まったとはいえ、あまりにも準備期間がなさすぎたからだ。

しかし他の行事との兼ね合いを考えると、九月の初頭にしか開催できず、またかつて行われていたときもその頃だったと知っては、異論を唱える生徒は少なかった、むしろ下手《へた》に異議を申し立てて文化祭自体がふたたび中止になっては元も子もない、と考えた者が大半を占めていたのだ。

そのような経緯があり、期末テスト明けに学校側から「そろそろ文化祭の準備をはじめていいよ」という号令が出ると、生徒たちはテスト休みを返上して登校し、文化祭の準備に取りかかったのである。

否定者・不可視【ＵＮＳＥＥＮ】ことショーン＝ダッツが在籍している三年一組の教室

でも、文化祭でなにをするかがさっそく検討された。

三年生にとっては最初で最後の文化祭だ。短い準備期間で最大限の結果——楽しさを味わいたい！——を出すために、生徒たちからはいくつもの案が出され、活発な議論が交わされた。

黒板の前に立った文化祭実行委員の女生徒たちが、次々と出される案を黒板に書き、最後には黒板に書ききれなくなるほどだったが、長い議論のすえにどうにか結論を導き出すことができた。

「では、三年一組はお化け屋敷に決定しまーす」

ほっとした様子で文化祭実行委員が言うと、生徒たちから拍手があがる。

「お化け屋敷ねぇ」

机に頬杖《ほおづえ》をつきながらショーンはつぶやいた。

自分の学生時代とはまったく違う学校行事はとても新鮮だ。

他の生徒たちと同様に、わくわくする気持ちがやはりある。

とはいえ、自分の使命はあくまでも「重野《しげの》力《ちから》の否定能力発現時の安全確保」なのだ。

学生気分で遊んでちゃダメだよなぁ。裏方希望でいかねーと。

などとショーンが真面目な顔で考え、さらには「ちゃんと考えてるオレかっけー」と自画自賛していると、隣の席に座る男子生徒から「なぁ」と声をかけられた。

「ショーンは役者だったんだろ？　だったら、特殊メイクとかできるだろ？　ゾンビメイクとかさ！」

「へ？」

予想外の提案にショーンがぽかんとしていると、今度はうしろの席の男子生徒が乗り気な声で言った。

「お、それ絶対かっこいー！　めちゃくちゃお客さん来そうじゃん！」

「え、なになに？」「あぁ、ショーンね」「いいじゃんいいじゃん」と、一部であがった話題が教室全体へと広がり、盛り上がっていく。

実はショーン、学校では「役者をしていた」という設定にしていた。

瞬《まばた》きのたびに姿が消えるのを「役者だったから、他人の死角に入るのがうまいんだよね」とごまかしたからである。

不変【UNCHANGE】ことジーナには「絶対信じてもらえないから」と言われたのだが、意外なことに生徒たちには素直に受け入れてもらえた。どうやら「海外で役者だった」という事実のほうがインパクトが大きく、姿が消えることは特に気にされなかったようだ。

　ちなみに「子役として活躍していた」と話をやや大きく盛ったのは、ショーンの見栄ゆえである。

　さらには「映画撮影に関することなら、ひととおりなんでもできるぜ」と盛っておいたツケがいまここにきている。

　お化け屋敷の方針がゾンビメイクありきの流れになってきているのを感じ、自称・元天才子役は慌《あわ》てた。

「待て待て！　特殊メイクなんて……！」

　できるわけがない、とショーンが言おうとしたとき。

「ショーン、特殊メイクできンの!?　絶対見たいんだけど！」

「やっば！　やってみたすぎ！」

「ショーンくん、教えてよ！」

　クラスの女子生徒たちも興味津々で話に乗ってきた。

「……ったく、仕方ねぇなあ。オレがぜんぶ面倒みてやるよ！」

　立ち上がったショーンがキメ顔でニッと笑うと、クラス全体から喝采と拍手があがった。

　その拍手を両手でおさえる仕草をしつつ、満更《まんざら》でもない様子で自称・元天才子役は席に座る。

頭の隅で「チカラを見守る使命はどうするんだ!?」「特殊メイクなんてできないじゃん!」と叫ぶ声があったが、「クラスの行事に参加しないと不審がられるだろ!」「メイクはニコに相談すればなんとかなる!」と力強く反論をする。

やがてクラスの副担任であるビリーが「そろそろ終われそう?」とやって来たとき、文化祭実行委員が「最後に」ときりだした。

「当日、体育館で有志によるステージを予定しているんですが、いまのところ三年生の参加希望者が少なくて……誰か、興味ある人いませんか?」

文化祭実行委員が懇願するように教室を見回す。

しかし、どの生徒も困ったような顔をするだけで手を上げるものはいない。

なにしろ、彼らは高校三年生で、このクラスの大半が進学希望なのだ。

お化け屋敷の準備もかなり細分化して各自のペースで進められるようにし、夏休みの勉強時間を邪魔しないよう配慮した。これ以上のことを請け負うのは少々勇気がいる。

「一チーム十五分の持ち時間で、何をしてもいいんです。みんなが忙しいのはわかるし、私も言えた義理ではないけど、三年生にもステージに立ってほしいと下級生からはお願いされてて……」

委員の生徒がますます困った様子で言うが、クラスメイトたちの反応はやはり薄い。

その中でただひとり、女性の困り顔を見過ごせない男がいた。

「ちなみに、どんなことすればいいんだい？」

やけにキザに尋ねる男の言葉に、委員の女生徒は顔を輝かせた。

――その笑顔が見られれば、今夜はいい夢が見られるぜ。

視線でそう語る男の名は、もちろんショーン＝ダッツ、その人である。


その家は『一軒家』ではあるが、『住居』と単純に呼ぶにはあまりにも大きく、一言でいうならば『豪邸』という表現がぴったりだった。

メインホール、メインダイニング、サブダイニング……と部屋の種類も数も豊富で、また客室にいたっては、はたしてどんなパーティを企画すればこの客室をすべて埋めることができるのだろうかと疑問を抱《いだ》きたくなる数である。

この家を買った家主――不運【ＵＮＬＵＣＫ】こと出雲風子《いずもふうこ》もこの豪邸には当初尻込みしていた。自分のカラーではないと自覚していたからだ。

しかし、チカラの家からも学校からも近い距離に行動拠点を設けるほうがなにかと便利であり、潜入するメンバーを一か所に集め、なおかつ窮屈《きゅうくつ》さのない快適な生活を送らせるためにはこれだけの広さが必要だろうという、苦渋（？）の決断であった。

もちろん広い家があれば快適というわけではない。その家を維持し、メンバーをサポートしてくれる人間も不可欠だ。

今回、そのサポートメンバーには四名が配属されている。

不真実【ＵＮＴＲＵＴＨ】ことシェンの妹であるメイ、不感【ＵＮＦＥＥＬ】ことフィル、さらにはフィルの母親、そして不通【ＵＮＴＥＬＬ】ことテラーである。

四人で豪邸を維持するのも大変だが、一番大変なのが食事の準備だ。なにせ食べる人数も多ければ、どの否定者たちもかなりの量を食す。

おかげで夕方となると広いキッチンは大忙しだ。

「はい、ニラレバ炒め完成！　フィルママ、配膳お願い！」

「はいっ！」

キッチンの総指揮をとるメイの指示にフィルの母親はすばやく対応し、続いてテラーへと声をかけた。

「テラーさん、卵スープは？」

キッチンにおける副隊長は振り返り、仕上げをしていた寸胴鍋《ずんどうなべ》が見えるようにすっと立ち位置をずらした。

「あと少しで完成なんですね。完成したら半量はこっちのスープジャーに、のこりは食卓に持って行きますから」

フィルの母親はテラーの顔を見るとそう言って、スープジャーを彼の背後にある配膳台に並べていく。

こんなとき、テラーは少しだけ不思議に思う。不通【UNTELL】である自分は、料理が完成していることを伝えることができない。だから鍋の中身を見て理解してもらおうと思っていたのに、彼女は自分の顔を見て判断した。

長い付き合いである上官が独特な方法で自分の意思をくみ取ってくれるのは理解できるのだが、なぜ彼女もそれが可能なのだろうか。

不思議といえば、彼女がこの任務に立候補したこともそうだ。

一緒に暮らしはじめてわかったことだが、フィルの母親は家事が苦手だ。いや、もっと言葉を選ばずにいうならば、下手である。

フィル以外のサポートメンバーは全員立候補だったので、彼女もそれなりに家事が得意なのだろうと思っていたのに、初日に肉を洗剤で洗おうとするのを見たときは目を疑った。

宇宙ではそうするのが普通なのだろうと思おうとしたが、慌てたメイがフィルの母親を止めて話を聞いたところによると、単に知らなかっただけらしい。

そのとき判明したのが、どうやらフィルの母親はこれまでに料理をしたことがないということだった。

おかげで傭兵時代に培《つちか》った技術を持つテラーのほうが必然的にキッチンの副隊長におさまることになった。

ただ料理はできなくても、全体の流れを把握するのは得意らしく、配膳や片付けなどを率先して担当してくれるので、足手まといになっている感はない。

それでもはやり、どうして彼女は苦手な家事の仕事に立候補したのかは気になるところだ。

そんなことを考えていたら、いつの間にか手が止まってしまっていた。

すかさず総指揮官から指摘が飛んでくる。

「テラーさん、手を動かしてくださいっ、お弁当を持って行くのが遅れます！」

テラーは慌てて鍋に向かい、最後の味付けをして火を止め、弁当用のスープジャーに入れていく。

それを終えたら、指揮官メイに事前に渡されたメモを再度確認する。そこには今日の献立と自分が作らなくてはいけない料理が作り方と共に記されているのだ。

汁物の次は、スイカのマリネを準備。それが終わる頃には学校からの帰宅メンバー第一陣が到着するだろう。指揮官の完璧《かんぺき》な時間配分がみてとれる。

テラーは冷蔵庫から冷え冷えのスイカを取り出し、包丁を手に取る。

ともかく手を動かさなくては。せめて出来ることをするのだ。

じわりと胸の奥で滲《にじ》む虚無感を断ち切るように、みずみずしいスイカを真っ二つに切り分けた。


「重野力の否定能力発現時の安全確保」任務にあたるユニオンメンバーは学校が終わるとふたてに分かれる。家に戻るチカラを見守るメンバーとそれ以外のメンバーに、である。

見守るメンバーはときにはチカラと共に、ときには尾行するなどしてチカラの自宅まで同行し、あとは就寝まで近所で見守るのが常だ。

見守るための場所も用意した。チカラの自宅が見えるアパートの一部屋を借り、そこも拠点のひとつとしている。本当はユニオンメンバー全員が暮らせる家をチカラの自宅付近に確保したかったのだが、あいにくちょうどよい物件がなかったので苦肉の策だ。

このため夕飯時には豪邸からサポートメンバーが弁当と夜食を届けることになっていた。

この日も「見守り班」である風子、ジーナ、一心、ニコのために、テラーとフィルは弁当箱を拠点に届けた。全身が古代遺物《アーティファクト》であるフィルにおつかいを頼むのは大丈夫なのだろうか、と当初は心配したテラーであるが、人目をひくようなこともなく、はたから見ると兄弟か、伯父《おじ》と甥ぐらいの関係に見えるようで毎回トラブルもなくおつかいができている。

おつかいから豪邸に戻ってきたテラーたちは、メインリビングへと向かう。この時間、そこに人が集まっていることが多いからだ。

「お帰りなさい、フィル、テラーさん」

メインリビングに入ると、すぐにフィルの母親が気づいて声をかけてくる。

彼女は部屋に置かれた大きなテーブルの一角に座り、隣にはメイが座っていた。メイの前にはノートと教本が置かれている。

夕食後の自由時間を利用して、メイはフィルの母親から勉強を教わるのを日課としていた。

元々研究者であったフィルの母親は知識も豊富で、また教え方が丁寧なので勉強を苦手としていたメイもこの時間を楽しんでいるようだ。

フィルは無言で母親のそばに近づき、母親を挟むようにしてメイとは反対側の席に座った。メイと一緒に母親の授業を受けることも、フィルの毎日のルーチンとなっている。

首を巡らすと、庭を眺められるように窓に面して置かれたソファセットでムイ、不眠【UNSLEEP】ことイチコ、ショーンが、なにやら熱心に話している姿が見えた。シエンと上官の姿が見えないが、おそらくトレーニングルームにいるのだろう。

ちなみに不老【UNFADE】ことファンはこの豪邸で暮らしておらず、別の場所を住処《すみか》としている。風子は何度もファンを誘っているらしいのだが、「なれ合うのは好かん」と断られ続けているそうだ。

自分もトレーニングルームに向かうつもりで踵《きびす》を返そうとしたテラーであったが、ソファにいたショーンがふいに振り向き、目が合った。

「おっ！　待ってたぜ、ブラザー！」

ショーンが親しげに手を上げる。

テラーは意味がわからず、思わずショーンを凝視した。

共に暮らしはじめて数か月たつが、テラーがショーンに「ブラザー」と呼ばれたのはこれがはじめてだったからだ。

冗談か？　それともなにかの罰ゲームでそんなことを言わされてるのか……。テラーが思考を巡らせていると、ショーンが軽い足取りで近寄ってきた。どういうわけかムイもあとからついてくる。

ショーンはガバッとテラーの首に腕を回した。

「テラー、オレはお前ならやってくれるって信じてるぜ！」

「私も及ばずながらがんばりますので！」

ムイが両手を胸の前で握りしめ、気合い十分で言う。

ますます意味がわからない。テラーは戸惑い、それを伝えられず途方に暮れるばかりだ。

そこへ救いの手を差し伸べてくれたのは、遅れてやってきたイチコだった。

「ほらほら、きみたち、それじゃテラーが困るだろう。説明が足りなすぎるぞ」

イチコが苦笑しながら言うと、「そうだった！」とショーンがテラーの首に回していた腕を下ろし、代わりに両手でぎゅっとテラーの手を挟み込んだ。

「オレたちとバンドを組もうぜ!!」

「!?」

テラーの眉間《みけん》に深く皺《しわ》が寄った。どういうことだ、さっぱり意味がわからない。

なので、まじまじと見つめ返していると、ショーンの手がぎゅうぎゅうと自分の手を強く握ってきた。

「文化祭でさ、バンドやりたくて！　メンバーは組織《ユニオン》で固めて、ジーナがボーカル、ムイがドラム、で、オレがギター！　テラーはベース頼むな！」

頼まれても困る。

テラーの眉間の皺がますます深くなった。

自分はサポートメンバーとして同伴しているだけで、学校行事に関わる必要はないはずだ。そもそも文化祭とは、学生がやるものだろうし、そこに部外者の自分が参加できるわけがない。さらには、ベースなんて弾いたことはない。

断る理由は次々と頭に浮かぶのだが、あいにくそれを伝えることができない。

おそらくショーンからすれば、「ただただ戸惑っている」ように見えるのだろう。

いや、断られる可能性も考えているかもしれない。

だからこそ「逃がさないぞ」と言わんばかりに手を握ってきているとも考えられる。

恨めしさをこめた視線を向けたつもりだが、否定能力でキャンセルされているのか、それとも単に気づかないだけなのか、ショーンの熱弁は止まらない。

「なんかさー、文化祭のほうでステージ出場者を募集してて！　すげー困ってるようだから、手を貸してやりたいのよ！　んでステージっていえば、バンドじゃん？　ほんとはオレがボーカルやるつもりだったんだけどさ、ジーナに声かけたら『私がボーカルなら出てもいい』っつーから、しゃーねぇ、オレはギターするかーって感じで。あ、ちなみにオレもムイちゃんも楽器未経験だから！　そこんとこ心配することたねーよ！　一か月あればどうにかなるだろうし、まぁなんなかったら、イチコ先生、頼むぜ！」

「えー、そこは科学の力を借りずに、青春らしく自力でなんとかしたら？」

言っている内容は突き放しているが、イチコの口調からは楽しんでいるのがうかがえた。

つまり、止める気はないらしい。

「でもさー、あんまし変な演奏して笑われんのは嫌じゃん！　せっかくやるんだぜ、ばっちり決めて、モテねーと！　なっ！」

ひときわ強くぎゅっと手を握られ同意を求められるが、そこにはまったく同意できない。

どうにか止めてほしくてムイを見ると、彼女はにこにこと笑っている。

「私のクラスでもステージに立つ人を委員の方が募集していまして。とても苦労しているようでしたので、なにかお手伝いできればと考えていましたが、いい案が浮かばず……。

そんなときにショーン様にお声がけいただいて、とても嬉《うれ》しかったのです」

弾む声と明るい表情から、それがムイの本心なのだとわかった。

途方に暮れているとイチコと目が合った。いま一度「止めてくれ」と視線に思いをこめると、イチコはフッと口の端を上げた。

「安心しなよ。衣装はこっちで揃《そろ》えておくから」

まったく安心できない返事に、テラーは頭を抱《かか》えたくなる。

とにもかくにも今はきちんとした意思疎通が大事なようだ。テラーはショーンの手を振りほどくと、逆に彼の手首を握った。

「へ、どうした？」

きょとんとするショーンに答えることなく、テラーは彼を引きずるようにしてメインリビングを出た。

目指すはトレーニングルーム……いや、この時間ならもうトレーニングは終わってるかもしれない。ちらりと腕時計で確認し、テラーは行き先を瞬時に変える。

目指す場所は大人の娯楽室——サウナルームだ。


サウナルームの更衣室に入ると、脱がれた服が籠《かご》にひとり分置かれていた。読みは当たったようだ。

「なんだよ、いきなり裸の付き合いか？　照れるなー」

と、無駄口を叩《たた》くショーンを急《せ》かし、服を脱いでタオルを手にサウナルームに入る。

むわっとした熱気の向こうに、目的の人物――ショーンの上官であり、不公平【UNFAIR】ことビリーがふやけた顔で座っていた。

「お、テラーとショーン？　珍しい組み合わせだね」

床に敷かれたすのこを踏む足音で誰が来たのかを言い当てるビリーに、「相変わらず、見えてるみてーだな！」とショーンは感嘆する。

サウナルームはそれなりに広く、入り口のある壁以外の壁三面に木で作られた階段状の座席が用意されている。

ビリーは入って正面、一番下の段に腰掛けていた。テラーは目が見えない上官にわかるようにわざと足音を響かせるように歩み寄り、迷わず隣に座る。

「え、距離近すぎね……？」

ショーンが小さい声で言うのが聞こえたが、誰のせいだと言いたい。

もちろん言えないので、一瞥《いちべつ》だけするとショーンは部屋の側面側、一番下の段に座った。

あらためて上官を見つめる。少しの静寂《せいじゃく》ののち、目の前の男は口を開いた。

「んー？　テラー、何か困ってる？」

心拍や呼吸などからさっそく自分の意図をくみ取ってくれたことに、テラーは心の中で激しく喝采を送った。

「ショーンを連れてきたってことは……何があったんだい、ショーン？」

さらには事態を理解するためにショーンに話を聞いてくれている姿に、テラーはようやく安堵《あんど》のため息をつく。サウナなのに、真隣に座った甲斐があった。

ビリーならば、自分の気持ちをきちんと理解してくれるので、ショーンに断ることも可能だと思っていたのだ。

ビリーに熱弁するショーンの姿を横目に見ながら、テラーは暑さににじみ出てきた汗をぬぐう。

やがて話を聞き終えたビリーは「なるほどなー」とにこやかに言い、テラーへ振り向いた。

「やったらいいんじゃないか、バンド」

「!?」

予想外の言葉に、テラーの口がぱかりと開いた。暑い空気が口内に満ち、息苦しさに慌てて口を閉じる。

「ボクはテラーならできると思うよ。もともと音楽センスいいし、無理じゃないでしょ」

テラーは慌てて反論するようにビリーに身を乗り出した。

『でも、自分はサポートメンバーであって、学校の行事に参加するわけにはいきません！』

テラーの心の訴えにビリーは笑顔で答える。

「仕事を縦割りで考えて、全体を見ていないのはもったいないだろう？　ボクらは少数精鋭だ。補い合うのが仕事でもある」

『仕事って！　学校の行事ですよ!?　任務遂行に必要ない要素ですし、そもそも部外者が出演するなんて！』

「そこはたぶん大丈夫。実行委員のほうに生徒の家族だとか、関係者だってあらかじめ伝えておけば問題ないはずだ」

『……そもそもなんでオレなんですか？　他のメンバー……それこそ学校に行ってるシェンや風子だっていいはずです』

「うーん、そこは本人に聞かないとな」

ビリーはふむと頷《うなず》くと、汗だくになっているショーンに顔を向けた。

「ショーン。シェンや風子には声をかけなかったのかって、テラーが」

「ああー。風子には声をかけたぜ。でも、ジーナが参加するなら、その時間は自分がチカラの様子を見守るってんで、断られた」

テラーは顔を覆った。

いまの話からすると、風子はショーンのバンドの件を容認していることがわかる。

つまり、ボスである風子に事情を説明しても、この話をなかったことにはできないというわけだ。

「あと、シェンは誘ってない！」

「なんで？　ムイちゃんが参加するなら喜んでやるだろうに」

「あいつがステージに立ったら、おいしーとこ、全部持って行かれるからだよ！　ビリーだって知ってるだろ、シェンのモテっぷり！」

「まぁねぇ、いろいろ話は聞いてるよ。でも、運動会の半ケツ事件で、少し人気が落ちたそうじゃないか」

「けど最近また人気が戻ってきてんだよ。女子人気が落ち着いたら、今度は男子人気が上がってきてさ。運動会で活躍した筋肉がやべーって盛り上がってる」

「はぁ～、どこで何が人気に繋《つな》がるか、わからないねぇ」

ビリーは楽しげに顎《あご》を撫《な》でた。

するとショーンが「そうなんだよ！」といきなり拳《こぶし》を握って立ち上がった。

「オレだって文化祭で目立てば、人気ががばーっと出るかもしれねぇじゃん!?　文化祭っつったらバンドだって、風子も言ってたし！　オレはここで盛り返すぜ！　モテ男として

名をあげる！　そのためにも！　女子ばっかのバンドだと反感食いそうだから、テラーの男手が必要なんだ！　頼む！　やってくれよ、ブラザー！」

キリッとしたキメ顔が真正面からテラーを見つめた。

くらり、とめまいを感じる。

どうして私情をそこまで純粋に主張できるのだろう、と自分とは全然違う価値観に戸惑わずにはいられない。

ほとほと困りながらも、落ちていたタオルを拾ってショーンに差し出す。

「ん？　なにそのタオル……ああ!!」

思わず下を見たショーンは慌てて体を丸めた。立ち上がったときに彼が腰を覆っていたタオルが落ちていたのだ。

顔を真っ赤にしながら、ショーンはテラーが差し出すタオルに手を伸ばす。

「あはは、わりぃ、つい気合いが……はいっ、て……あ、れ？」

タオルを取ろうとした手が空《くう》を摑《つか》み、ついで体が大きく傾いて、ショーンは床に倒れた。

サウナの暑さで倒れたショーンを運び出すのはテラーにとっては一苦労だった。なにしろ目を回したときに瞼《まぶた》を閉じてしまい、不視が発動してしまったからだ。ビリーの耳に届く、ショーンの吐息を頼りに、手探りで見えない体を探し、ビリーとテラーはふたりがかりでショーンをサウナの外へと移動させた。

冷水でぬらしたタオルで頭を冷やしたり、汗を拭《ふ》いたりなどしてかいがいしく処置を施すが、見えないというのは思った以上に不安をあおられる。

ようやく意識を取り戻したショーンがうっすらと目を開けて姿を見せたときは、安堵のあまりテラーは思わずその場に座り込みそうになったほどだ。

目を覚ますまで五分とはかからなかったが、その間にこちらの寿命が縮む思いだった。

ふたたび眠りそうになるショーンに慌てて寝間着を着せ、彼の部屋へと運ぶ。

心配したビリーが、一緒にいると言ってくれたが、看病はサポートメンバーの仕事だと主張し、ひとりでショーンの様子を看ることにした。

話を聞いたイチコがサーモグラフィつきのゴーグルを持ってきてくれたので、眠りについたショーンをひとまずは看ることができた。

サーモグラフィが表示するショーンの体温は基礎体温を表示しており、いまは疲れて眠っているだけだと教えてくれる。

深夜、ひとりでショーンを見守っていると、フィルの母親が夜食を持って訪ねてきた。

「テラーさん、一息つかれてはいかがですか？」

ショーンを起こさないように、寝室から隣のリビングへふたりは場所を移動した。

豪邸だけあって、各自の私室はそれぞれ2LDKのバス・トイレ別という構成になっている。テラーには広すぎて居心地が悪いほどだが、ショーンのリビングは趣味の映画ポスターやグッズに溢《あふ》れていて、なぜか落ち着けた。

フィルの母親がポットからマグカップにコーヒーを注ぎ、テラーへと渡してくれる。

「徹夜はお辛《つら》いでしょう。よければ、代わりますよ」

テーブルを挟んで対面に座ったフィルの母親は心配げに言ってくれたが、かつての職場では夜通し寝ずに進行することなどざらにあったので、一晩ぐらいの徹夜は辛いうちには入らない。

とはいえ、それをどう伝えたものかと思案していると、フィルの母親はにこりと微笑《ほほえ》んだ。

「大丈夫ならば、余計なことはしません。でも、明日はゆっくり休んでくださいね」

テラーは思わず目をみはり、フィルの母親を見つめた。

なぜこの人は、不通【ＵＮＴＥＬＬ】の自分の意思が読めるのだろう。

「そんなに不思議ですか？　私がテラーさんの考えていることがわかるの」

ふたたび言い当てられ、今度は心臓がひやりとした。相手の謎の力によって自分が手のひらで転がされているような気分になる。

しかしそれを伝えられるわけがなく、ただまじまじと見つめ返していると、フィルの母親は「別に難しいことじゃないんです」と言葉を続けた。

「フィルが機械の体で目覚めてから……少しでもあの子の動作や仕草に感情を見つけたくて、人間の行動パターンと思考パターンを集めて解析していたんです。その頃に培ったものを利用すれば、テラーさんが何を考えているかを類推するのはさほど難しいことじゃないんですよ」

やわらかく微笑む姿に、テラーの胸がかすかに痛んだ。

難しくないと言うが、そこまでの道のりは決して楽なものではなかったはずだ。

おそらくその感情も読み取ったのだろう。フィルの母親は夜食のサンドイッチをテラーに勧めながら、「そういえば」と話題を変える。

「ショーンさんにバンドに誘われたそうですね。でも、お断りして揉めているとか」

『……そうなんです。ほんと困ってしまって』

ちらりと寝室を見遣《みや》る。扉を開けてあるのでベッドは見えるが、もちろん彼の姿は目に映らず、サーモグラフィだけが存在を証明してくれる。変わらぬ体温がぐっすりと眠っていることを教えてくれて、やれやれと思いながら彼女に視線を戻した。

「バンド、やってみてはいかがです？」

『……あなたまでそんなことを言うんですか？』

思わず視線をそらしたテラーから渋い感情を読み取ったのだろう。フィルの母親がくすりと笑った。

「そんな拗《す》ねたような感情を持たなくても。私はいいことだと思います。これまでにない経験を積むことこそ、否定能力の解釈を広げると思うんです」

『え……？』

顔を上げ、フィルの母親を見る。まさか普通の人から「否定能力の解釈」という言葉が出るとは思わなかった。

「私なりにみなさんの否定能力のデータを拝見していて思ったんです。この能力は本人の解釈が鍵となるのは周知のことですが、人間が自分の思考パターンを超えて解釈を広げるのに一番手っ取り早いのは、経験値を高めることです。そしてこの経験値は、日常の積み重ねも大事ですが、新たなことに挑戦し、壁にぶつかって工夫すること、また様々な出会いによって飛躍的に高めることができます。……だから私は、今回のサポート任務にフィルと一緒に立候補したんです」

『……もしかして、フィルの経験値を高めるために？』

「そうです。あの子が新しいことを覚えれば、その先の解釈で古代遺物《アーティファクト》にも奪われない、あの子の意思の発露が可能になるかもしれない。――あの子の笑顔を見られる日が、くるかもしれない」

テラーは静かに唇を噛《か》む。

自分も否定者だからわかる。不感【ＵＮＦＥＥＬ】が感情を表現するのは不可能だ。そもそもの否定対象が〝感情〟なのだから。

しかし、フィルの母親の表情には何かに縋《すが》るような切実さはなかった。揺るがない意志が、見えた。

つまりそれは、この人もそのことは理解しているということだ。けれど、諦めることをやめたのだろう。きっとどこかの解釈の果てに、可能となるきっかけがあると信じている。

――だから、下手な家事にも挑戦しようとしたのか。

ずっと謎だった彼女の立候補が、ようやく腑《ふ》に落ちた。

たしかに組織の施設で静かに暮らすよりは、ここのほうが刺激は多い。とはいえ、古代遺物《アーティファクト》とひとつとなった息子を日常社会に連れ出すのは、不安も多かっただろうに……。

『強いですね……』

「あら、世界中で戦ってきた方にそんなふうに思われると、なんだか照れてしまいますね」

　コーヒーを口元に運びながら、母親ははにかんだ。

「この話をしたのは、テラーさんにも諦めてほしくないからです。あなたはたしかに言葉で伝えることはできないかもしれない。でも、コミュニケーションを取ることはできる。本当を言うと、そんなあなたが少し羨《うらや》ましいんです。ですから多くのことにチャレンジして、ぜひ能力に負けない解釈を見つけられたら、と。……ごめんなさい、おばさんはお節介が過ぎますね」

　コーヒーを置き、彼女は頭を下げた。

　テラーはぎょっとして首を振る。気持ちを伝えたかったわけでなく、とっさに違うと判断したがゆえに動けたのだ。

　そういう意思表示をたしかに自分はできることがある。ただそれは、無意識の動作なので自由に使い分けることはできないと思っていたが……。

　考えをまとめるように、テラーは手で口元を覆った。

　その思案する姿に、フィルの母は微笑む。

「きっと解釈を広げれば、もっとできることが増えます。そのためのバンド活動と思えば、チャレンジしてみる価値があるのではありませんか？」

テラーは静かに息を吐き、勧められたサンドイッチを手に取った。

それはやはり不格好で、だからこそ彼女なりの挑戦の証《あかし》なのだとわかる。

ショーンは決意と共に、サンドイッチにかぶりついた。

——自分にできることがあるのならば、何でもやってやる。


バンド曲は映画の主題歌に決まった。

ずいぶんと古い映画の曲を選ぶのだな、と思っていたら、ショーンの父親が出ていた映画だとジーナが教えてくれた。

おりしも時期は夏休みに入り、チカラの監視の場所は学校から夏期講習の塾、そして自宅へと移った。チカラが出歩く時間が減ったおかげで、見守るのは楽になった。

風子の計らいで、バンドメンバーは見守りの班を同じにしてもらい、空き時間を合同練習にあてることにした。

バンドメンバーの中でこれまでまともに楽器に触れてきた者はおらず、各自が一からのスタートである。

譜面と楽器を渡されていざ練習をはじめようとしたとき、テラーはビリーにひとつアドバイスをもらった。

「曲を演奏しようと思わないほうがいい。楽譜通りに指を動かす、それだけを考えるんだ。そうすれば能力に邪魔はされないと思う。たとえるなら、そうだな……レシピ通りに手を動かして料理を作るみたいな感じだ」

テラーは上官のアドバイスを素直に受け止め、楽譜通りに指を動かすことに集中した。

とはいえ、いままで触れてきたことのない楽器で、譜面通りに音を出すことはそれだけで至難の業《わざ》だった。

両手で別の動きをすることに苦戦し、弦の押さえ間違いを幾度となく繰り返し、酷使した指が何度も痙《つ》りそうになる。

それはショーンも同様で、一緒に練習すると、常に「あーっ、間違えた！」「そんなに早く指、動かねーって！」とずーっと口を開いている。

はじめはそれが気になったが、苦労しているのが自分ひとりではないのだと思うと、なんだか心強いから不思議だ。逆にうまくいったときに「オレ、天才じゃね!?　やべぇ、楽しくなってきた！」と盛り上がるショーンは見ていて微笑ましかった。またこちらの演奏がうまくいったときには、同じようなテンションで褒《ほ》めてくるので、それはそれでくすぐったくもあったが嫌な気はしない。

それにバンド活動を通して、これまで接点のなかったジーナとムイに関わる機会が増えたことも、悪いことではなかった。

ジーナは自分からボーカルに名乗り出ただけあって、たしかな歌唱力の持ち主であった。低音も高音もキレイな音を出す。自分の声が出ていたら、一緒に合わせたかったなと思うほどだ。接点がないときは、ジーナのことを芯の強い少女とだけ思っていたが、歌声を聞いているとその奥に思いやりに溢れているのだと気づけた。

ムイもテラーやショーンと同様に楽器初心者だったが、生来の真面目さからメキメキと腕を上げた。口調やシェンへの態度から、大人しい少女のイメージが強かったが、ドラムを叩くときは大胆で力強い。なによりリズム感がいい。よくよく考えてみれば、武道で鍛えていたのだから、体力と瞬発力の高さが演奏にもいかされているのだろう。練習時間以外でも、スティックを片時も手放さずにいるストイックさを見るたびに、より一層練習しようと励みになった。

練習は楽ではない。けれど、仲間たちとの小さくも新しい発見のある日々は刺激的だった。

いつの間にかバンドメンバーとの練習はテラーにとって楽しい時間となっていった。

夏休みも後半に入った頃、楽器組の三人はどうにか曲の終わりまで演奏できるようになり、ジーナの歌声とはじめて合わせることに成功した。

「いまの、かなりいい感じだったんじゃない!?」

歌い終えたジーナが、手応えを感じた顔で演奏していたメンバーに振り返る。

「だよな！　予想以上にすげーかっこ良かった！　うわ、手汗やべーっ！」

ショーンも興奮した様子で、自分の手を見つめた。

「とってもステキでしたね！　これなら文化祭で発表できます！　ね、テラーさん！」

ムイが輝く笑顔でテラーを見る。

テラーは頷きたかったが、ただ沈黙を返すだけ——のはずだった。

「満足できたみたいでよかったわ」

当たり前のようにジーナがテラーの気持ちを代弁したので、驚いて彼女を見つめた。すると不変の少女はニッと口の端を上げた。

「あら、当たった？　満足できてるんじゃないかなーって思っただけなんだけど」

確信があって言ったわけではなかったようだ。自分の気持ちが伝わったわけではなかったのか、とやや落胆しかけて、はっとする。

ジーナは『当たった』と言った。それは自分の反応に対する言葉だろう。

つまり、自分は外部に向けてなにかを発信する反応が出来ていた……？

口元に手を当て考えるテラーに、ジーナはぷっと吹き出した。

「ちょっとぉ、そんなに深刻にならないで！　おおかた『言い当てられたことが不思議だー』とか『なんでだー』とか、考えてるんでしょ？」

またもぴたりと当たった推測にテラーは驚き、まじまじとジーナを見つめる。

「これも当たりね」

「そういうとこだけはわかるようになったよなー」

ショーンがペットボトルの水を飲みながら、うんうんと頷く。

「テラーさん、驚いたときは相手をじっと見るクセがありますよね」

ムイに言われ、とっさに彼女を見て、ハッとする。

たしかに無意識のうちに相手を見つめ返している。

「だから、なんとなく『こんなこと考えてるのかも』って言ってみて、あんたの反応が薄い場合は、それは見当違いで、驚いてこっちを見たりするときは当たりって、法則が見つかったわけよ」

腰に手を当てたジーナがなぜか勝ち誇ったように言った。

テラーは目を丸くして、三人を見つめる。いつの間にそんな法則に気づいたのだろう。

その様子で、テラーの驚き――考えていることが三人に伝わったようだ。

「これだけ一緒にいる時間が長いと、なんとなくわかってきますよね」

「まぁ、気づけたのは最近になってだけどな」

「ただし下手に意識し出すと、不通で否定されるかもしれないから、これもいつまで有効かはわかんないけどね」

「ま、そんときゃまた別の方法を考え出してやるから。安心しろって！」

ニカッと笑うショーンの様子に、テラーの胸の奥に温かいものが広がっていく。

「さ、解説はこれぐらいで。もう一度、はじめからやるわよ」

「おう！　このぶんだと文化祭のステージの主役はオレたちで決まりかもしれねーな！」

「みなさんに楽しんでもらえるといいですね！」

もちろん、テラーはなにも言わない。無言のまま、ベースに両手をそえる。

けれどそこには、言葉を必要としない一体感がたしかにあった。

夏休みが終わり、学校に潜入しているメンバーは文化祭の準備もあり、帰宅が遅くなるのが常となった。

文化祭までのこり六日となった月曜日、テラーは家事の隙間《すきま》時間を使って自主練習に励んでいた。

バンド曲の練習も本番に向けて最終調整に入っている。

その中でテラーが繰り返し練習している箇所は、曲の一番から二番へと繋ぐ間奏部分だ。ここはギターとベースの見せ場となっており、ギター担当のショーンとしては並々ならぬ熱意を注いでいる部分である。

「間奏はメランコリックに響かせて聞かせたいんだよ！　セクシー全開でお客さんのハートを掴むぜ、ブラザー！」

ハートを掴めるかどうかはさだかではないが、メランコリックな雰囲気を作ることに関してはテラーも賛成だった。

ショーンは口癖のように「モテたい！」と言うが、いざ曲に向き合うとその解釈は的確で、それを周囲にわかりやすく伝える努力も怠らない。軟派な言動に惑わされるが、性根の部分ではまっすぐで周囲への気遣《きづか》いを忘れないヤツなのだ。

はじめは価値観の合わない相手だと思っていたが、いまはそれだけでないと知っている。

そんな彼が見せ場と捉《とら》えているのだ。間奏部分は曲全体を支えるためにも、いい音色を届けたい。

テラーはベースを構えた。

楽譜はすでに頭に入っている。この一か月、何度も繰り返した練習のおかげで指は自然と曲を奏でる——はずだった。

事件は唐突に起きた。

テラーは何が起きたのか、わからなかった。

指が、動かない。

緊張に震えているのだろうか、とベースから手を放し、左右の指先を順番にもむ。

ぐー、ぱーと手を握ったり開いたりしてみると、指はいつも通りに動いた。

不思議に思いながらふたたびベースを構えて、練習を再開しようとする。

だが、やはり動かない。

嫌な予感が全身を貫いた。

この感触に覚えがある。

己の役目と願いを全て否定する——不通【UNTELL】。


突然の否定能力の発現。原因は、解釈によるものだろうと結論づけられた。

「たぶんですが、『メランコリックに聞かせたい』という意思がのったから、それを否定しようとしているんじゃないでしょうか」

と学校から帰ってきた風子に解析され、テラーは項垂《うなだ》れた。まさにその通りだと、自分でも感じたからだ。

練習をはじめる前、ビリーに「楽譜通りに演奏することを心がけろ」と言われたのは、これを見越してだったのだろう。

自分の能力への理解不足がここで出てしまうとは。

いままでに「出来ていたことが突然出来なくなる」ことはなかったので、後手になってしまった。

深夜、チカラの見守りから帰ってきたバンドメンバーもテラーの状況を知り、練習室に重たい空気がたちこめた。

「間奏部分以外はどうなんだ？　そっちは意識しなければいけるんじゃないか？」

ショーンの提案に、テラーはベースを構える。だが、曲を弾こうとしても指は動かない。

実はすでに確認済みのことなのだが、それを伝える術《すべ》がないことがテラーの心にずしりとのしかかった。これまで何度となく経験したことなのに、いまさらながら悔しさが胸の奥に広がる。

「難しいんですね……」

ムイがまるで自分のことのように悲しげに言った。

「くそ、オレが余計なこと言ったから！　じゃあさ、もうメランコリックとか気にしないで、これまで通りに弾くのはどうだ？」

ショーンが言うので、テラーがベースを構えようとするとジーナがそれを止めた。

「待って。テラーのことだもん。もういろいろ試したんでしょ。それでもやっぱり、弾けないってわかってるのよね？　違う？」

ジーナの指摘に、テラーは彼女を見つめ返す。その通りだったからだ。

「どうする？　あと本番まで六日だぞ……！」

パイプ椅子《いす》に座ったショーンが両手で頭を抱える。

「どうしたらいいのでしょう……？」

ムイも困惑し、それ以上続ける言葉がない。

練習室に沈黙が降りた。

それを破ったのは、否定者として一番先輩であるジーナだった。

「解決策はひとつよ。問題はテラーが演奏に対しての解釈が変わったから起きているの。だったら、別の解釈で上書きするしかない。解釈を広げて強くなるのが、否定者《わたしたち》の闘《たたか》い方なんだから」

ジーナの提案に、異を唱える者はなかった。

それからの日々、個人練習へと切り替えたテラーは音楽と必死に向き合った。

曲への解釈、演奏への解釈、能力への解釈。

自分なりに考え、ときにはフィルの母親に手伝ってもらい、検討を重ねた。

だが、解決策の糸口が見つからないまま無情にも時間は過ぎ……。

文化祭の前日を迎えてしまった。

夕食を終え、部屋に戻ろうとしたところをフィルの母親に呼び止められた。

「よかったら、フィルとあやとりをしてくださいませんか？」

にこりと笑う彼女の隣には、フィルが赤い紐を持って立っている。

テラーは了承の意味でフィルの母を見つめた。

ここのところずっとバンドの練習をしていたせいで出来なかったが、以前はよくフィルの相手をしていた。久しぶりに付き合うのもいいだろう。

メインリビングのソファにフィルと隣り合って座り、あやとりをはじめる。

部屋はとても静かだ。なにしろ豪邸にはいま、フィルとフィルの母親、そしてテラーしかいない。

メイはいま学校に夜食を届けに行っている。

学校に潜入しているメンバーの多くが文化祭の準備で帰りが遅くなることがわかっていたため、学校に興味津々のメイが陣中見舞いも兼ねて出かけていったのだ。いつもはテラーとフィルが弁当を届けているが、今日は代わってもらえて、ある意味ありがたかった。

なぜなら、今朝《けさ》の朝練でバンドメンバーにバンドを降りることを伝えたばかりだったからだ。

そのとき、テラーの気持ちを代弁してくれたのがフィルの母親だ。

きっと、そのせいもあってあやとりに誘ったのかもしれない。

フィルの指に絡めた紐を規則性に従って取り、今度は自分の指に絡まった紐を取ってもらう。単純だが、指先の器用さが求められる遊びだ。

黙々と手を動かす。それが、心の慰めになると思った。

ようやく自分でも出来ることがあると思ったのにそれを否定された、悔しさ。

新しい解釈で現状を打開したかったのに、何も見つけられなかった、情けなさ。

バンドを降りるという大事な決断さえ、誰かを介してしか伝えられない、ふがいなさ。

まるで母親の陰《かげ》に隠れる子どものような自分に嫌気がさす。

「ご自分を責めているようですけど、まったく成果がなかったわけではないでしょう?」

テーブルに人数分の冷たい麦茶を置いたフィルの母親が、言った。

「否定能力の効果範囲を確認できたじゃないですか」

『ですが、それで演奏できるまではいきませんでした』

テラーはフィルの母親を見つめる。

この五日間、テラーは様々な方法を取ってみた。その中でわかったのが、「音を鳴らすことはできる」ということだった。指先の動きを確認するための練習コードを弾こうとすると、指はなめらかに動いた。また、別の曲を楽譜を見ながら演奏しようとすることも、可能だった。試しに他の楽器として、カスタネットを叩いてみたが、無理なく音を出すことができた。

それなのに、ベースで課題曲を弾くことだけができない。

心のどこかで「聞かせたい」とすり込まれている解釈が抜けないのだ。

フィルの指から取り上げたあやとりを両手に絡めて引っ張ると、広がるはずの紐にぎゅっと結び目が出来た。

取り方を誤ってしまった。ここでも滞《とどこお》りなく流れていたものを止めてしまったことに、自然とため息が漏れる。

「フィル、これを」

そう言って、フィルの母親が新しい紐を息子に差し出した。

全身古代遺物《アーティファクト》の少年は器用な指使いで、母の手のひらから紐を取りあげる。

新しいあやとりの紐だと思っていたそれは、なぜか異様に長かった。

その長さでやるのは、至難の業では……とテラーが思った矢先、フィルが立ち上がり、紐を両手で大きく回す。

なにを、と思った時には遅かった。

あやとりの紐だと思っていたそれに全身を絡め取られ、テラーは身動きが出来なくなっていた。

ぎょっとしてテラーはフィルを見つめ、次いでその母を見遣る。

彼女は少しだけ困ったように眉を下げ、「あとはよろしくね、フィル」と息子の頭を撫でた。

『いったい何をする気なんですか!?』

目で必死に訴えるが、彼女はただ黙って微笑むだけで答えない。

暴れる傭兵だった青年をフィルは軽々と抱え、メインリビングをあとにした。


「待っていたぞ、テラー!!」

サウナルームの脱衣所で仁王立ちする裸のショーンに、テラーは目を丸くした。

その間にフィルはテラーを脱衣所に下ろし、拘束していた紐をほどいて服を脱がせて腰にタオルを巻く。

「ありがとな、フィル! 準備万端だぜ!」

ニッと笑うショーンをフィルはじっと見つめると、くるりと回れ右をして脱衣所を出て行った。

それを見届けたショーンは、ゆっくりとテラーに振り向いた。そこにはいつもの笑顔はない。

「フィルの母ちゃんに電話で頼んどいたんだ。お前を捕まえてここに連れてきてくれって。

……まさかグルグル巻きで連れてくるとは思わなかったけど」

冷たく睨《にら》むショーンをテラーはやや驚きの気持ちで見つめていた。

お調子者のイメージが強い彼が、こんな表情を見せるのははじめてだ。

さりげなく視線をすべらせるとショーンの背後に脱いだ制服を入れた脱衣籠が見えた。

おそらく学校から帰ってそのままここに来たのだろう。

しかし、なんのために？

浮かんだ疑問は、ショーンの言葉で飛び散った。

「オレとサウナ勝負だ！　オレが勝ったら、バンドは続けてもらう！」

どうしてそうなる？

熱気のこもるサウナルームで、ショーンとテラーは対面するように座った。

テラーは困惑したまま、ショーンを見つめ返す。

勝負を持ちかけた当人はむんっと腕組みをしてテラーを睨んでいる。

「その顔は、オレがサウナに弱いと思ってるだろう！　残念だったな！　前に倒れて以来、ちょっとずつ挑戦していまじゃ立派なサウナーだぜ！」

違う、気にしていることはそこじゃない。

見当違いなショーンの発言に、テラーは膝《ひざ》に肘《ひじ》をついた片手で顔を覆った。

そもそもこの勝負にどんな意味があるのだろうか。

テラーはじんわりと体温が上がっていくのを感じながら自問する。

バンドを続けることを賭けているが、演奏のできない自分にバンドは続けられない。

文化祭は明日。こんなことに時間を使わず、最後の練習をすべきではないだろうか。

顔を上げる気にはなれず、指の隙間からショーンをうかがうと、目が合った。

「オレさ、役者目指してただろ。この能力のせいで、諦めたけど」

ショーンがゆっくりと瞼を閉じる。同時に彼の姿がすっと空間に溶けた。

「親父を越える役者になるって夢を、わけもわかんないことで潰《つぶ》されて……『なんでオレが!?』って、めちゃくちゃ荒れたよ。どうせ見えなくなるなら、透明人間とかにしてくれりゃいいのに、自分が目をつぶってるときだけって。全然使えねぇじゃん？　どうしようもねぇ能力にオレの人生を振り回されて、最悪だって思ったよ」

　目を開けたショーンの姿が、ふたたび空間に現れる。

「だからさ、お前のこと放っておけねぇんだよ」

「！」

　テラーは思わず顔を上げた。するとショーンが気まずげに視線をそらした。

「お前がいた傭兵チームって、『世界を公平にする』って夢を掲げてたんだろ？　すげーよな、規模がちげぇよ。……命賭けてでけぇ夢を追いかけてたのに、それがいきなり声を奪われたら、辛《つれ》ぇよな。いや、辛いって言葉だけじゃ表せられねぇと思う。……オレじゃ耐えられねぇ。お前、すげぇよ」

　汗が頬をつたってしたたり落ちる。いつもならぬぐうそれが気にならないほど、テラーはショーンの言葉に耳を傾けた。

「能力受け入れて、組織《ユニオン》での仕事も率先してやってて、年齢も近《ちけ》ぇのにすげぇなぁって。なんとなく気になってから……気づいたんだ」

　顔をそらしていたショーンがテラーを見た。

「お前、無理してるだろ」

「！」

「『当たり』だな」

テラーの瞳に驚きを見て取ったショーンはニヤリと笑った。

「一緒にここで暮らすようになってわかったんだ。いや、ちょっと考えればわかることだよな。そう簡単に受け入れるなんてできねぇよ。能力に否定されて、夢ぶっ壊されて、めちゃくちゃ悔しいのを、仕事をこなすことで紛らわしてる。そうだろ？」

心の奥を見透かされ、今度はテラーが視線を落とした。

否定能力に声と伝達手段を奪われ、自分の存在意義が見えなくなった。なにもできない自分が苦しくて、せめて与えられた仕事はきちんとしようと思った。そこに、自分の居場所を作りたいと思ったから。

「なぁ、否定者は楽しんじゃいけねぇなんてこと、ないんだぜ？」

意外な言葉に、テラーはぱちくりと瞬きをした。

「たしかにオレたちはいろいろ奪われてる。でも、だからって任務や仕事だけの人生を送る必要はねぇんだよ。もっと肩の力抜いて、いまを楽しもうぜ。なにか成果を残さなきゃ、ここにいる意味がないなんてこと、ねぇんだよ。オレたちはここにいる。仲間もいる。それって悪いことじゃねぇよ。まぁ、風子みたいに『いいね、最高だ』って笑って言うまでには時間はかかるけどさ……」

へへっと笑うテラーの息が、乱れた。

この熱い中で熱弁をふるったのだ。いくらサウナーとはいえ、熱いものは熱いはずだ。

テラーは慌てるが、ショーン自身も限界に気づいたのだろう。豪快に汗をぬぐうと、長く息を吐いて、まっすぐにテラーを見つめた。

「バンド、やろうぜ。嫌いじゃないんだろ、音楽」

そうだ。ずっと好きだった。戦場でも、すさんだ気持ちを癒やすのは音楽だったのだから。

「オレはお前の音、好きだぜ。だから諦めんなよ。まだ一晩あるんだ、今度は仲間と一緒に考えればいい。オレが宇宙に行ったときも最後の夜に体重を消すことができたんだ。経験者が言うんだ、説得力あるだろ？」

それで命令を破り、宇宙から帰ってきたあとに散々叱《しか》られたのに。

テラーは立ち上がる。熱気は室内の上部に滞留しているので、肌を焼くような空気が上半身を襲った。

倒れないように、俯《うつむ》いて体から力を抜くように息を吐く。

ショーンがどうしてこんな賭けを持ち出してきたのか不思議だった。

でも今ならわかる。

自分の覚悟を示したかったのだろう。そして本気で勝つ気でいた。胸のうちも普通に話せばいいものを、照れくさくて勝負という形でしか言えない。

どこまでも不器用で、だからこそ嘘《うそ》がなく、憎めない。

テラーはふたたび息を吐き、顔を上げた。

「へぇ……。お前、笑うとそんな顔すんだ」

呆《ほう》けたように言うショーンを残し、テラーはサウナルームを出た。


文化祭当日。体育館での有志による出し物は思いのほか盛り上がりを見せていた。

評判を聞きつけた在校生も、さらには父兄や他校生たちも続々と体育館に来たので、用意した座席にはまんべんなく人が座る状態になるほどだ。

時刻はまもなく二時。ショーンたちの出番は迫り、ちょうどひとつ前の出し物である二年生の漫才が、もうすぐ終わるところだ。

「そろそろ出番です。準備は大丈夫ですか?」

ステージ担当の委員が、ショーンに尋ねた。

「あ……えっとまだボーカルが……」

ショーンがしどろもどろに言う。どういうわけか、集合時間を過ぎてもジーナが姿を見せないのだ。先ほどしびれを切らして組織《ユニオン》のエンブレムを通して連絡を取ったが「ちょっと待ってて！」という一言で連絡が切られてしまい、その後は音信不通である。

「ああ〜、まさかジーナが遅れるなんて！」

ショーンが不安を発散するように頭を抱え、身をよじる。

「なにがあったのでしょう？」

ムイも心配そうに、再度エンブレムを見つめた。

そのときだ。

「ごめん、遅くなった！」

漫才が終わるのと、ジーナが駆け込んできたのは同時だった。

「ジーナ！　何してたんだよ！　心臓が止まるかと思ったぜ!!」

「ごめんって！　ちょっとトラブルがあって……」

ジーナは走ってきて乱れた呼吸を整えるように深呼吸を繰り返した。

「みんなは？　準備はいい？」

「もちろんです」

「そりゃこっちのセリフだっての！」

ムイとショーンがジーナの問いかけに明るく答える。

そしてジーナはショーンの隣に立つテラーを見た。

「あんたも、楽しんでね！」

ウィンクと共に笑いかけられるが、テラーは答えられない。

その代わりに、テラーは肩からかけたベースをそっと撫でた。


こんなまぶしい世界があるのか。

ステージに出たテラーは目を細めそうになる。

照明に照らされたステージは舞台袖《そで》とは比較にならない明るさだ。

もちろん傭兵時代の訓練のおかげで光の強さにはすぐ慣れることができる。

ただ、まぶしさを感じるのはおそらく照明のせいでない。

客席の、平和を謳歌《おうか》する人々の想《おも》いに触れたせいだなと、テラーは喜びを嚙みしめる。

客席は暗いのでもっと見えないかと思っていたが、予想外にこちらを見る人々の顔が見えた。

ごくりと唾《つば》を飲む。

最終チェックをして、早くなる鼓動を抑《おさ》えるように一呼吸。

視線をジーナに向ける。準備できたことを知ったジーナが、テラーに頷き、続いてショーンに頷き、最後にムイに頷いた。

ムイがドラムのスティックを構えて、カウントを取る。

「ワン、ツー、スリー！」

ショーンとテラーの視線が交わる。

勢いのあるギターとベース、そしてドラムの音が響いた。

観客から歓声があがる。

イントロが終わり、英語の歌詞をジーンの清らかな声が歌い上げていく。ネイティブな発音はまるでひとつの楽器のように演奏と交わり、観客の熱気はさらに盛り上がった。

だが、どんな歓声もテラーの耳には届かない。

自分の耳が追いかけるのは、仲間の音のみ。ショーンのギターの音、ムイのドラムの音、そしてジーナの歌声。それをひとつも聞き逃《のが》さないようにして、自分の音を合わせていく。

自分の音で表現するのではなく、相手の音に沿わせる。

その解釈によって、不通【ＵＮＴＥＬＬ】が発動することなく演奏ができるようになった。

まさにコロンブスの卵だ。

そこに至るまでは途方もない道のりだったが、一度発見してしまえばたいしたことのないように思えてしまう。

昨晩、ずっと別々に練習していたので三人の成果を聞かせてもらったとき、テラーは胸が躍《おど》った。楽しげに演奏する三人がとても輝いて見えた。

そして気づいたのだ。

これまで自分は、心のどこかでバンドを『任務』として捉えていたのではないか、と。

だから今度は与えられた任務ではなく、自分の楽しみとして演奏したい。

ショーンやみんなの音を支える音を――。

その想いは、否定されることはなかった。

ジーナの声がサビを歌い上げた。

曲が間奏に入る。ギターとベースの見せ場だ。

ショーンがステージの最前へと進み出て演奏をはじめた。「オレを見ろ！」と言わんばかりだが、メロディは当初のオーダー通りのメランコリックを守っている。テラーは、ギターの音を引き立てるようにベースを奏でた。指は泳ぐように弦の上をなめらかに動いていく。

楽しい。

テラーは口の端が自然に上がるのを感じた。

ベースの音は止まることなく、間奏を演奏しきり、ふたたびジーナの歌声が合流する。

そして演奏が終わったとき、今日一番の拍手が体育館を震わせた。

文化祭が終わり、日常が戻ってきた。

だがここに、不完全燃焼を起こしている人物がひとり。

「なぁんで、お前ばっかりモテるんだよ！」

学校から帰ってきたショーンは、メインダイニングで食事の準備をするテラーに手紙をつきつけながら文句をたれた。

テラーが受け取った手紙はさわやかな色の封筒で、表面には「ベースのお兄さんへ」と丸みの帯びた字で書かれている。

「あら、またラブレターですか？」

やってきたフィルの母親がテラーの手元を見て、ふふふと笑う。

「そうだよ！　くっそー！　なんでテラーなんだ!?　オレのほうがかっこよかったじゃん!?　目立ってたじゃん!?　なのにファンレターはぜーんぶテラー宛！　オレは郵便配達係じゃねぇっての！」

納得いかねぇと足でダンダンと床を叩くショーンをフィルがじっと見つめるので、母親は「あれが嫉妬《しっと》という感情なのよ」と教えてやる。

そんなところまで教育熱心だなあ、とテラーは思わずくすりと笑った。

それを見たショーンが顔を青ざめさせた。

「お前、まさか味しめてねぇ？　このまま音楽活動して、ひとりだけモテようって考えてねーだろな!?　そんなこと、オレは許さねぇからな、ブラザー！」

ぷんぷん怒るショーンにテラーは吹き出すのを必死に我慢する。

解釈をいくら広げても、意思疎通をはかるのはまだまだ難しいようだ。

Ep.《エピソード》003

文化祭《ぶんかさい》をやりたいなんて

夏休みが終わり、学校に生徒たちの姿が戻ってきた。

いつもであれば、夏休みの余韻《よいん》を引きずる生徒たちの気だるげな雰囲気の中で授業が再開されるのだが、今年は様子が違った。

どのクラスからもギラついた雰囲気が醸《かも》し出《だ》されている。

それもそのはずで、春に開催が決まった数年ぶりの文化祭まであと二週間を切っているのだ。文化祭に向けて、生徒たちの多くがやる気の炎を燃やしていた。

そしてそれは、重野《しげの》力《ちから》の安全を守るために潜入活動をする不運【ＵＮＬＵＣＫ】こと出雲風子《いずもふうこ》も例外ではなかった。

「わぁー*!!*　それ、かわいい*!!*」

放課後の教室で、風子はチカラが見せてくれたランチョンマットに目を輝かせた。

紺地の台紙の上に一回り小さい白い紙を貼った二重構造のそれは、白い紙に花の形の透かし模様が入っており、そこから下の紺地が見えて、シンプルながらも洒落《しゃれ》ている。

「すごい、すごい、かわいい*!!*」

「風子ちゃん、落ち着いて」

止めなければ永遠に「かわいい！」を繰り返しかねない風子をいさめたのは、不変【UNCHANGE】ことジーナである。

そのジーナも、チカラのランチョンマットには感心した視線を向ける。

「でも、ほんと凝っててキレイよね。そのサンプル、マジであんたが作ったの？」

視線をランチョンマットからチカラに移すと、チカラは照れたようにはにかんだ。

「うん。これをテーブルに敷いて、汚れたら取り替えれば衛生的だと思うんだ」

「さすが、チカラくん！　料亭の息子さんだけあって、視点が違うね!!　じゃあ、私たちはそれを作るのを担当すればいいんだね!?」

風子が張り切った様子で言うと、チカラはなんだか申し訳なさそうに眉を下げた。

「わりとめんどくさい作業なんだけど、手伝ってもらっていいの？」

「もちろん!!　もちろんだよ!!」

風子は力強くブンブンと大きく首を縦に振る。

「むしろ、その面倒さが青春って感じでいいよね……！」

両手を合わせて祈るようにうっとりとする風子の様子に、チカラが「面倒さが青春……？」とやや戸惑ったように首を傾《かし》げた。

「チカラ。風子ちゃんは高校生活に憧れ強すぎるだけだから、気にしないで」

ジーナのフォローになっていないフォローに、チカラは苦笑する。

風子のどこか浮世離れしたボケと、ジーナの愛あるツッコミフォローのやりとりも、この教室での当たり前の光景になりつつあった。

三人は手近にあった机をくっつけると、さっそくランチョンマットの作成に入った。

風子たちのクラス、三年二組の文化祭での出し物は喫茶室だ。

そのための飾り付けや、飲食の準備などで教室はさながら嵐のような慌《あわ》ただしさである。

先ほどからも、作業をする風子たちのそばをクラスメイトたちが足早に次々と行き交い、さらには作業状況などを確認する声があちこちで飛び交うので、嵐と言うよりも都会のスクランブル交差点のような状況になっている。

そんな教室の様子を眺めて、風子は夢見るようにうっとりとして言った。

「やっぱりいいよね、文化祭！　忙しいけど、みんなウキウキしてるし！　準備してるだけでわくわくが止まらないって感じで！」

「風子ちゃん、文化祭の準備がはじまってから同じこと、ずーっと言ってるよ？」

ジーナがランチョンマットを作る手を止めずに口を挟むと、風子は「ええっ!?」と片手で口を覆った。

「そ、そんなに言ってる……!?」

「言ってる」

「ボクもよく聞くかな」

「チカラくんまで!?　じゃあ、気づかないうちにずっと……？　垂れ流してる……？」

なんてこった……と風子は頭を抱《かか》えて項垂《うなだ》れた。

「でも、それだけ楽しみにしてるってことだよね！　一生懸命のほうが大変な準備も楽しめると思うし、とてもいいと思うよ」

にこりと笑うチカラに、顔を上げた風子は眩《まぶ》しげに目を細める。

「だから出雲さんはもっと大きなお手伝いをしたいんじゃないかって思ってたんだ。お店の看板作りとか……。こんな細かい作業を手伝わせてごめんね」

「そんなことないよ!!　チカラくんのお手伝いできて、本当に嬉《うれ》しい!!」

心からの反論に風子の声がひときわ大きくなる。

直後、それまで騒がしく準備をしていた教室が、しぃぃんとした。

「へ……？」

チカラと風子がきょとんとして周囲を見回す――のと同時に、ジーナは両手の人差し指を頰《ほお》にそえて、きゃぴっとギャルスマイルをとった。

「わっかるー！　チカラのランチョンマット、超イケイケだし！　マジ、文化祭をアゲてくって感じ～！　だよね、風子ちゃん！」

「え？」

突然のギャルモードのジーナに肩を組まれて同意を求められ、風子はぽかんとしたが、ジーナの視線が「『はい』って言って！」と訴えているので、慌《あわ》てて頷《うなず》いた。

「うん！　これ、すごいよね～！　お店に来たお客さん、絶対喜ぶよ！　まさに『神は細部に宿る』って感じ」

「そうそう、それそれ！」

あはは～とジーナが風子に頭を寄せて笑う。

その様子に周囲の生徒たちも「そっか、ランチョンマットか」「ランチョンマットの手伝いでテンションあがったのか」と納得したようで、元の作業に戻り、ふたたび喧噪《けんそう》が教室に戻った。

「はぁ、やれやれ……」

ジーナは安堵《あんど》の息をつきながら、風子の肩に回していた腕をほどく。同時に風子と自分の間で不変にしていた空気の膜も解除する。風子に接触せずに、仲良くすり寄っているように見せるための苦肉の策だ。腕を下ろしたジーナに、風子が小声で尋ねた。

「もしかして……またやっちゃった？」

「またやってた。気をつけないと」

「ごめんなさい……」

風子がしゅんと項垂れる。

彼女たちが気にしているのは、風子のチカラへのきわどい発言のことだ。

チカラのことを優先する風子の言動が、「チカラに恋をしている」と、とられてしまい、誤解を生みやすい状態になっているのだ。

これまでも度々《たびたび》「出雲さんって、重野くんのことを……？」という視線がクラスメイトたちから寄せられており、ジーナはそんな視線の気配を感じては「風子ちゃんとチカラは友達ですよー。それ以上でもそれ以下でもないですよー」とそれとなく火消しを行っている。

チカラは今回のミッションの最重要保護対象なので、周囲から下手《へた》な勘ぐりをされて支障が出ては困るからだ。

とはいえ、チカラ自身が風子以上にその手のことに鈍感らしく、なにかとチカラと行動を共にしたがる風子とジーナに対して、彼が変に意識してしまう様子がないので、火消しは必要ないのでは……と思うこともあるジーナである。

そんな風子とジーナの思惑などつゆ知らず、きょとんとしていたチカラは思い出したように教室の時計を見ると、「あ」と小さく声をあげた。

「そろそろ他のクラスに行かなきゃ。続きはまた明日やろうよ」

チカラの声がけに風子とジーナは頷き、手早く作業中だったものを片付ける。

その間にチカラはロッカーから自分のカメラを取り出してきた。今日は卒業アルバムに載せる写真として、文化祭準備中の他のクラスの三年生を撮影しに行く予定なのだ。

まず向かったのは、隣の教室である三年三組だ。

「お、来たな、チカラ！」

そう言って迎えてくれたのは、チカラの友人である熱海涼《あたみりょう》である。

「涼ちゃん、そのまま手を動かして……うん、ありがとう」

教室の外廊下を飾り付けていた涼に向かって、チカラはさっそくカメラのシャッターを切る。

「熱海くんのクラスの出し物、縁日なんだね！」

飾り付けを見た風子が弾む声で言った。

壁には縁日の定番品——ヨーヨーやお面、金魚すくいのポイなどが色画用紙で作られ、貼られている。

「そ！　でも普通の縁日じゃないんだぜ！　うちは『マッスル縁日』なんだ！」

「マッスル縁日!?」

聞いたことのない単語に、風子の目は輝き、チカラとジーナの目には戸惑いが浮かぶ。

見ればわかるから、と涼に案内され、チカラたちは教室に足を踏み入れた。

チカラたちのクラスと同様に準備に追われた生徒たちが忙しく行き交う中、教室のうしろ部分を専有して異様な雰囲気を醸し出している十名ほどの一団がいた。

体操服に身を包んだ数名の男女が、リズムよく腹筋運動をしているのだ。

しかもその中心にいたのは、風子たちにとってよく見知った人物。

「シェンさん……なにやってるの？」

風子の声に、完璧《かんぺき》なフォームで腹筋を鍛えていたシェンが動きを止めて顔を上げる。

「風子ちゃんとジーナちゃん？　どうしたの？」

「どうしたのはこっちのセリフだから。そっちこそ、何やってるのよ？」

ジーナが呆《あき》れたように尋ねると、シェンは周囲の腹筋運動仲間を見た。

「縁日に向けてトレーニングだけど？」

「だから、それが全然わからないんだってば……」

思わず額《ひたい》に手を当ててしまうジーナである。

「縁日では、力自慢との対決プログラムが多数あるんですよ」

そう言って立ち上がったのはムイだった。シェンに気を取られて気づかなかったが他の生徒と共に腹筋運動をしていたようだ。

「えーっと、その『力自慢との対決プログラム』って、どういうことをするんですか?」

腹筋運動を続ける生徒たちにカメラのレンズを向けながらチカラが尋ねる。

「腕相撲、のこぎり速切り対決、景品付き綱引き、振動我慢大会などですね」

と、ムイはニコニコと答えたが、

「……腕相撲以外、なんにもわからないんだけど」

というジーナのつぶやきに、慌てて補足説明をしてくれた。

のこぎり速切り対決とは、人の腕ほどある木片をどれだけ速く切れるかを〝マッスル担当〟と対決するものなのだそうだ。景品付き綱引きは、縁日で見かける紐の先に景品がついたくじ引きなのだが、引き当てるには〝マッスル担当〟の引く力に勝って引き上げる必要があるらしい。そして、振動我慢大会とは車輪のついた板の上に座り、〝マッスル担当〟が激しく揺らす振動に耐えきれれば景品がもらえるというものなのだそうだ。

「……で、その〝マッスル担当〟ていうのが、シェンたちなわけね」

解説を聞いたジーナが呆れた顔で言うと、案内役の涼が「適任だろ?」と笑った。

「シェンって着《き》痩《や》せタイプだけど、筋肉マジですごくてさ！　これはいかさねぇともったいないって話になって。運動会とかで話題性もばっちりだし！」

「ちょっと！　運動会のことはやめてよ！　元はといえば、あれは……」

ジトッとした目でシェンが風子を見つめるので、不運の少女は乾いた笑いを浮かべて、さりげなく視線をそらした。

春の運動会で、シェンは卓越した運動神経をいかして目覚ましい活躍をした。しかし『話題性』でいえば、彼がリレーでつまずいて半ケツをさらしてしまったことだろう。

これは彼に非はなく、一緒に走っていた風子と接触したことによる不運のせいである。

ちなみに数名の生徒から「シェンは下着を穿《は》かない派らしい……」という深刻な噂《うわさ》が流れ、風子の不運は身体的ダメージだけではないと思われる、とニコは新たなデータが取れたと組織《ユニオン》の公式記録に残し、シェンの心のダメージをより深いものにしていた。

もちろんそんなことを知らない涼は、笑顔で「ごめんごめん」と軽く謝って話を続ける。

「それにうちのクラス、元運動部のヤツが多くてさ。受験勉強でなまった体を動かしたいって話がよく出てたから、じゃあ縁日にそれを取り入れちゃお～ってなったんだ」

「すごくおもしろい企画だね。あれ？　涼ちゃんは〝マッスル担当〟じゃないの？」

チカラが腹筋する生徒たちにシャッターを切る手を止めて、涼に振り返った。

「オレもやるぜ。ま、オレは現役運動部員だから、追加で筋トレは必要ないんだ」

ニッと笑う涼に、チカラは「さすがバスケの現役エース」と頷く。

「ちょっと待って？　もしかしてムイちゃんも〝マッスル担当〟なの？」

風子がムイを見ると、ムイははにかんで頷いた。

「はい。シェン様には及びませんが、運動にはある程度自信がありますので……」

「いやいや、ある程度どころじゃないでしょ。筋肉的には普通にこの学校の生徒の中じゃ一、二を競う実力じゃない」

ジーナが言うと、ムイは「そんなとんでもない……！」と首を振り、身を小さくした。

この謙虚な姿と穏やかな雰囲気に騙《だま》されそうになるが、ムイは先だっての武道大会・天《てん》播祭《らいさい》でもファンに「天賦《てんぷ》の才がある」と言わしめたほどの少女である。〝マッスル担当〟になるのは、その実力的になんら不思議なことはないが、ジーナには気になることがあった。

「学校でこんなに筋トレして、帰ってからはバンド練習でしょ？　体は大丈夫なの？」

心配げに見つめてくるジーナに、ムイは一瞬驚いた顔して、やがて嬉しそうに微笑《ほほえ》んだ。

バンドとは、文化祭のステージでジーナたちがやる出し物のことである。

ショーンの提案で結成されたそれの構成メンバーは、ボーカルのジーナ、ドラムのムイ、ギターのショーン、そして学校の生徒ではないがサポートメンバーとしてこのミッションに同行しているテラーがベースを担当することになっている。

夏休み前に結成して以来、文化祭での発表に向けて日夜練習に明け暮れている。もちろんチカラの護衛任務もあるので、なかなかの忙しさだ。さらに筋トレが追加されたと知り、ジーナは心配になったようだ。

「心配してくださって、ありがとうございます。でも、大丈夫ですよ」

ムイはジーナを安心させるよう、とんっと自分の胸を拳《こぶし》で叩《たた》いた。

「これぐらいの筋トレは、鍛錬のうちに入りませんから！」

「え……」

思わず声が漏れたのは、同じく筋トレに励んでいた〝マッスル担当〟たちだ。

汗だくで腹筋をしている彼らはそれ以上の言葉を発さなかったが、表情は雄弁だった。

『あれだけやって、鍛錬のうちに入らないだと!?』

心からの叫び声は全員一致していたらしく、腹筋をする一団の雰囲気がどこかどんよりとする。

しかし、同じクラスメイトであるにもかかわらず、シェンにはそれは見えなかったらしい。

「だよね！　これぐらいじゃ特訓にならないよね！　せっかくだし、もう少し筋トレメニュー、増やそうか！」

「そうですね！　とてもいい考えだと思います、シェン様！」

まるでデートプランを考えるカップルのごとく、強化メニューを組んでいくふたりの様子に、〝マッスル担当〟たちの雰囲気がますますどんよりしていく。

「えっーと……他の準備をしている人も撮っていいかな？」

空気を読んだチカラの提案に、涼も苦笑《にがわら》いをしながらも「じゃあ、こっちな」と言い、風子たちはそっと筋トレグループから離れることに成功した。

その後、腕相撲用の台や、振動我慢大会用の乗り物を作成する生徒たちの写真をカメラに収め、チカラたち卒アルチームは三年三組をあとにした。

次のクラスである三年一組へ移動する途中、チカラがジーナに尋ねた。

「ジーナさんたちのバンド、発表は何時からだっけ？」

「体育館で午後二時から。チカラと風子ちゃんが喫茶室の当番をしている時間ね」

「え、時間かぶってるの!?　せっかくだから写真撮りに行きたかったなぁ。出雲さんもジーナさんのステージ見られなくて、残念だね……」

「うん。けど代わりにシェンさんが舞台の様子を録画してくれるって言ってたから、あとでそれを見せてもらうつもりなんだ！」

「シェンってビデオカメラとか、扱えるの？」

　ジーナが意外そうに眉をあげると、風子は首を振った。

「さっぱりらしいよ。だから、涼くんと一緒に見に行く約束してて扱い方を聞くって言ってた。ムイちゃんの勇姿を収めるために、いいカメラを貸してほしいってニコさ……ニコ先生にお願いしてるの見かけたし」

「ふーん。それだと、ムイをメインに撮りすぎて、私たちが全然映ってない可能性があるわね」

　ジーナの指摘に、風子は「ありうる！」と笑った。

「まぁでもシェンがムイのために走り回るの、わかるなーって最近思うわ。あの子、いっつも一生懸命で、応援したくなるのよね。ドラムもめっちゃ練習してて、空き時間に手の動きを確認するんだって、ドラムのスティックいっつも持ち歩いてるんだよ？　ほんと真面目だから、無理してないか逆に心配になるんだよね」

「だからさっき聞いてたんだね。……なんか嬉しいな、そういうふうにジーナちゃんとムイちゃんが仲良くなってくれるの」

　風子は胸の奥でふんわりと広がる喜びに、目を細めた。

課題《クエスト》などを通して協力し、信頼関係を築くことはこれまでもあったが、このような日常の中で組織《ユニオン》の仲間同士の絆《きずな》が深まっていくのは、自分たち否定者にも普通の生活があることを教えてくれるようで、胸が温かくなる。

そんな風子をジーナとの友情を感じているのだろうと解釈したチカラは、親切心で提案する。

「出雲さん、やっぱりジーナさんのステージ見たいんじゃない？　いまからなら、当日のシフト変えてもらえるんじゃ……」

「それは大丈夫！　私はチカラくんと一緒じゃないと困るから！」

「え？　あ……そう、なの？」

力強く言いきった風子に、さすがのチカラも、返事に困り、軽く首を傾げた。

それを見て自分の失言に気づいた風子は、誤魔化すように慌てて両手を胸の前で振った。

「これは！　違うの！　だから！　深い意味はなくてですね!?　そう！　つまり！　チカラくんともっと仲良くなりたいなーっていうだけの、純粋な気持ち！」

「そうなんだ？　そんなに言われると照れるなぁ」

チカラが頬《ほお》をぽりぽりとかいて、にこりと笑う。

その笑顔に嘘偽《うそいつわ》りのなさを感じ、ジーナは無言のまま額に手をあてた。

風子のフォローもひどいが、それで納得するチカラもチカラである。

しかし、これはこれで案外いいペアなのかもしれない。

一周回ってそう思えてきて、ジーナは小さく口の端を上げた。


三年一組を訪ねるために家庭科室へとやって来た三人は、組まれたセットを目にして「おお……」と思わず感嘆の声を漏らした。

家庭科室の、なんの変哲もないスライド式のドアが様変わりしていたからだ。

戸口の上に巨人ゾンビの目と鼻があり、入り口部分はゾンビの大きく開けた口に見立てられている。つまり中に入るためには巨人ゾンビの口を通過し、体の中に入るイメージになっている。

「これまた凝ったお化け屋敷ね。あ、あれってお化けの仮装かな？」

ジーナは家庭科室の前の廊下に落ちていたシーツを拾い上げた。そこには、お化けっぽい顔が描かれており、かぶれば即席お化けが完成する。

三年一組の出し物はお化け屋敷だ。しかも大がかりなセットを組みたいという希望によ

り、通常の教室ではなく特別教室が割り当てられていた。

チカラはさっそく入り口のゾンビをカメラに収める。様々な角度から撮るチカラの隣で、風子も一緒になって様々な角度から眺めては目をキラキラと輝かせた。

「すごいすごい！　うわぁ、これ紙で出来てるんだ!?　器用すぎる〜！　この目玉が飛び出てる感じがゾンビっぽい！　はぁ〜！　こんなもの作っちゃう高校生、青春がきらめいていて眩しい……！」

く……と、空を仰《あお》いで両目を手で覆う風子にシャッターを切っていたチカラがからかうように言った。

「出雲さんも同じ高校生でしょ？」

「！　ううう、うん！　そうだね！　でもやっぱ、すごいことには変わらないっていうか……！」

ごにょごにょと風子は尻すぼみに言い訳を並べた。

風子は外見も肩書きも女子高生と言って差し支えない程度ではあるのだが、すでに二百年近く生きているので、本物の青春の輝きにはどうしても圧倒されてしまうのだ。

もっと気をつけないと……！

風子がもはや何度目の誓いになるかわからなくなっていることを再度心に誓っていると、

ゾンビの入り口から見知った人物が顔を出した。

「この声は……出雲くんかな？」

「ビリーさ……先生！」

三年一組の副担任であり、不公平【ＵＮＦＡＩＲ】ことビリーは、風子の声に「待ってたよ」と微笑んだ。


「ちょうどメイク練習をはじめたところだから、いいタイミングだったよ」

そう言いながら、ビリーはチカラたちを家庭科室の中へと招き入れた。

室内には暗幕で仕切られた通路がすでにできあがっていた。西洋風のお墓や、血まみれのテーブルクロスがかかったダイニングテーブルなどが所狭しと並ぶ間をすり抜け、窓辺へと到着する。

そこでは男女六名の生徒が椅子に座っており、別の生徒たちによっていままさにゾンビのメイクが施されようとしているところだった。

「本格的……！」

チカラはすぐさまカメラを構え、真剣にメイクをする様子を写真に収めていく。

ゾンビらしさを演出する擦《す》り傷《きず》や切り傷などは、すでに立体的な〝傷パーツ〟が別途用意されており、それを顔に貼り付けながら、顔全体を血色悪くしてゾンビらしくしていくのだと、ビリーが説明してくれた。

「三年一組のお化け屋敷がすごく本格的だって、校内ですでに噂になってますよね。その傷パーツもよく出来てますけど、みなさんで作ったんですか？」

チカラがメイクを担当する生徒に尋ねると、生徒は手を止めずに言った。

「そうだよ～。でも形がいいのはだいたいショーンが作ってくれたかな。彼、本場仕込みだから本格的なんだよね」

どこか誇らしげに言う様子に、チカラは「ショーンくん、すごいなぁ」とつぶやき、続いて周囲を見回した。

「あれ……？」

チカラと同じように、風子とジーナも訝《いぶか》しみながら視線を巡らせた。

ゾンビメイクの立役者とも言えるショーンの姿が見当たらないのだ。

ゾンビメイクに並々ならぬ情熱を注いでいた彼が、大事な練習をすっぽかすとは思えない。

なにしろ、夏休みに入る直前ぐらいに「ゾンビメイクってどうやるんだ!?」と豪邸で大騒ぎし、ニコや一心を巻き込んでどうにか傷メイクのノウハウを確立させた騒動は、風子とジーナの記憶にも新しい。

ノウハウを確立しても、満足のいく傷パーツを作ることは難しいようで、ショーンは試作品を作っては「こんなんじゃ傷に見えねーっ！」と嘆き、嘆いてはふてくされて、その後どうにかまた作り出すということを繰り返していた。

もちろん彼の本来の仕事である、チカラの護衛の合間に製作をやっていたが、同時にバンドの練習もしていたので、かなりの多忙さにイライラは募り、日に日に傷パーツを作る嘆きのローテーション頻度が高くなっていくばかりだった。

悪循環を見かねたジーナはショーンに言った。

「下手な見栄をはらずに、クラスメイトには『ゾンビメイクのやり方なんて知らないんだ』って謝ったらどうなのよ」

すると、ショーンはぷんすこと怒って言い返してきた。

「そんなかっこ悪いことできるかよ！」

「だからそれが見栄なんでしょう!?　ダサいわよ」

「あのなぁ！　オレみたいなヤツが見栄はらなくなったら、ますますダサくなるだろ！

そうならないためには、ジタバタするしかねーの！」

ショーンはショーンなりの美学を持って言い返したのだが、自分の考えが言い訳っぽいことは理解していた。

なので、

「ほんとダサいわね！」

ぐらいのことは言われるだろうと覚悟したが、意外なことにジーナはショーンの返事が気に入ったようだった。

「たしかにかっこつけないと、どこまでもかっこ悪くなるものよね。一理あるわ」

と、それ以降は試作品作成をやめろとは言わなかったのである。

そんなショーンの見栄とこだわりが詰まった傷パーツは試行錯誤の結果、それなりのクオリティにまで達し、どうやらクラスメイトに好評だったことは、今日のメイク練習のどこか誇らしげな様子を見ればわかることだった。

そんな彼の晴れ舞台であるはずなのに、いったいどこに行ったのだろうとジーナたちが不思議に思っていると、メイクをしていた生徒のひとりが言った。

「ショーンなら、ほら、あっち」

言われたほうを見ると、少し離れた場所のパーテーションの陰《かげ》にショーンの姿が見えた。

なにをしているのだろうと近づくと、彼は彼でメイクの施術中だった。ショーンは真剣な顔で傷パーツを目の前の人物に貼り付けている。しかし、その人物はここにいるはずのない人であった。

「こ、校長先生!?」

驚いたチカラの声に、この学校の校長でさらには不壊【UNBREAKABLE】である一心がこちらを向く。

「えぇえ!?」

今度は風子とジーナが驚きの声をあげた。チカラに至っては驚きすぎて声も出ていない。目を丸くして息を吞《の》む風子たちに、一心はいたずら小僧のように笑いかけた。

「どうじゃ、なかなかに似合っておるだろう?」

「似合ってるっていうか……怖いんですけど……」

風子は一心のお腹《なか》を指さす。上半身を脱いだ一心のそこには特大傷パーツを貼り付けられ、腹が捌《さば》かれた状態のように見えている。

「いやぁ、こんな経験は他ではできませんからなぁ」

一心が楽しげに自分の傷を見下ろした。どう見ても重傷な様子なのに、ニコニコとしている様子はアンバランスで、ほのかに怖い。

「一心大先生には傷パーツのことでデッカイ借りができちまったからさ。これぐらいお安いご用だぜ！」

ショーンがそう言って誇らしげに鼻をこすった。

「校長先生、メイク終わったかんじ～？　見せて見せて～」

お化け屋敷の装飾を作っていた生徒たちが、興味津々な様子で近寄ってくる。

「どうかな？　似合っておるかの？」

「似合ってるっつーか、やばい！」

「やばいくらい、傷負ってるじゃん！」

「すっげぇ！　当日もゾンビ役やってよ校長先生！」

立ち上がり腰に手を当てて胸をはる一心に生徒たちは口々に感想を言い合う。

「春歌《はるか》ちゃんも、おじいちゃんのメイク、似合ってると思うよね？」

一心がメイクをする間、春歌は三年一組の生徒が預かっていたらしく、春歌を抱っこしていた女子生徒は、一心の姿が見やすいように春歌を抱っこし直した。

「春《はる》ちゃ～ん、じいじの勇姿はどうかな～!?」

重傷を負いつつもメロメロな様子で尋ねる一心。

孫の春歌は吟味するように、おしゃぶりをちゅぱちゅぱさせながら一心の腹をじっと見

つめると、

「んっ！」

と大きく両手を上げた。どうやら、満足しているようである。

「おお〜、春歌ちゃんのお墨付きが出たぞ！」

「ショーン、やったな！」

クラスメイトたちにたたえられ、ショーンは誇らしげに胸を反《そ》らす。

「じゃあ、校長先生も一緒に一枚撮らせて」

チカラが言うと、すぐに生徒たちは一心を中心に並び、瀕死な傷と満面な笑顔で記念写真を撮った。

生徒たちに囲まれて笑顔の一心の姿に、風子は目を細めた。

「一心さん、生徒さんに慕われてるね」

ジーナだけに聞こえるようにささやくと、ジーナもくすりと笑ってささやき返す。

「みたいだね〜。怖面《こわもて》だけど春歌ちゃんにデレデレなところがギャップ萌《も》えらしいよ」

「ああ、それはわかる！」

「あと、文化祭を復活させたことがやっぱり大きいみたい。生徒たちの中でかなり株があがってるわね」

「みんな文化祭やりたかったんだね〜。わかるけど！　少女漫画でも文化祭っていえば、ビッグイベントって感じで描かれてるし！」

「少女漫画を判断基準にするのはどうかと思うけど……ま、私も最初、よくわかんなかったけど、みんなでわいわい何かを作るのって、意外と楽しいわね」

「ジーナちゃんがバンドまでやっちゃうの、ちょっと意外だった」

「そう？」

ジーナが聞き返すと、風子は「うん」と頷いた。

「なにか心境の変化があったの？」

「うーん、別にそういうわけじゃないけど。単に楽しそうって思ったのよ。風子ちゃんが高校に来てからすっごく生き生きしてるのを見て、私も楽しいこと見つけたいって思ったの」

「私……そんなに生き生きしてる？」

「え、自覚なしな感じ？」

「うん……」

こくりと頷く風子に、ジーナはぷっと吹き出した。

「毎日、すごいテンションだよ。課題《クエスト》のときは頼れるボスって感じだけど、学校では手の焼ける友達って感がすごい。……それだけ、学校という場所が風子ちゃんにとって憧れの場所なんだってわかる。そんな場所だから、私もちゃんと覚えておきたくて。この先、思い出したときに『楽しかったなぁ』って思えるぐらいにさ」

「ジーナちゃん……！」

思わず目を潤ませそうになる風子であったが、チカラが「そろそろ戻ろうか」と声をかけてきたので、慌ててぐっと目に力をこめ、涙を引っ込めた。

「当日も遊びに来てよ」

まだ装飾の施されていない出口で、見送りのビリーがチカラたちに言う。いつの間にか、ビリーの口には牙《きば》がついており、肩からマントっぽいものを羽織っている。記念写真を撮るために生徒たちによって着せられたらしい。

「ビリー先生も楽しんでますね」

風子が言うと、ビリーも目と口元を緩めた。

「そうだね。若い子たちの明るい声を聞くだけでも楽しいのに、いろいろ巻き込んでくれるからね。こんな経験をする日が来るとは思わなかったよ」

そう言うとビリーは、生徒のお手製マントにそっと触れる。壊れやすい平和をそっと撫《な》でるような仕草だと、風子は思った。

「ワシもそろそろ校内の視察に戻るとしましょう」

春歌を肩車した一心も廊下へと出てきていた。

「その格好で大丈夫ですか……？」

「おや、なにか問題が？　せっかくだからみなにも見てもらおうかと……」

心配するチカラに一心がきょとんとした顔で聞き返す。

「傷メイクがよく出来ているので、驚く人が多いかと思いますよ……？」

「そうですかな？　まぁでも、笑顔でおればメイクだと気づいてくれるでしょう。それこそ、こんなふうに死にそうな顔をしなければ……」

と、一心はくるりとうしろを向き、振り向いた瞬間に白目をむいて渾身《こんしん》の死に顔を披露した。

その直後。

「ぎゃぁぁぁぁぁあ！」

運悪く通りかかり、さらに運悪く一心を見てしまったニコの悲鳴が廊下に響いた。

その日の深夜、チカラが就寝したのを見届けた見守りチーム——風子、ニコ、イチコ、一心は、仮住まいである豪邸に徒歩で戻っていた。

一仕事終えた解放感と、無事に護衛を完了できた安心感から、帰り道の話題は弾むことが多く、風子はこの時間を気に入っていた。

今日の話題はもちろん、お化け屋敷の前でのニコの驚きっぷりについてである。

「ほんとあれは傑作だったわ」

くくく……とイチコは手で腹を押さえて思い出し笑いをする。

すると当事者であるニコが吠えた。

「あんなの驚かねぇほうが無理だろーが！　廊下で腹をかっさばかれて白目むいたやつと遭遇すんだぞ!?　予想外すぎるわ！」

「あんまり驚きすぎて、ジーナのコスプレにも悲鳴あげてたもんね」

「ぐっ……！」

ニコが苦虫を噛《か》み潰《つぶ》したような顔になる。

あのとき、悲鳴をあげたニコを見てジーナはとっさに廊下に置かれていたシーツをかぶり、お化けに扮した。

そのままイチコに抱きついているニコに突進すると、悲鳴のスイッチが入ってしまっていた天才科学者はさらなる悲鳴をあげたのだった。

「あーもう！　オレのことはいいから！　それよりイチコが聞いてきた噂話のほうが大事だろ!?」

　ニコが強引に話をきりあげる。もう少しこの話題に触れていたい気もしたが、ニコの言う通り、イチコが持ってきた『噂話』も見過ごすことのできないことだった。

「イチコ殿が聞いてきた噂話？　なにかよからぬことが？」

　穏やかな笑《え》みを浮かべて聞いていた一心が表情を引き締め、教師の顔をしてイチコに尋ねる。

「ほら、風子が気にしていた、UMA《ユーマ》が学校の七不思議になってるって話」

「ああ、たしか『裏庭で告白をすると伝説の木が現れて、ふたりを祝福する』という伝説が、実はUMA《ユーマ》が人間をおびき出すのに利用していたというものですな？」

「そう、それ。ずっと探っていたんだけど、なかなかそれらしい噂が流れてこなくて。でもようやくそれっぽい噂を話してくれる子がいたんだよね」

「前回のループと時期はずれてますけど、そのUMA《ユーマ》が学校に住みついているのは確かなようですね」

　風子が腕組みをして考える。

前回のループでもチカラの学校に組織《ユニオン》のメンバーが派遣されたことがあった。

そのときこの地を訪れたのは不真実【UNTRUTH】だったシェンで、目的は『預言書と目される〝君に伝われ〟の真偽を確かめる』というものだった。

そして預言書〝君に伝われ〟で暗示された通り、学園七不思議のひとつであった『裏庭で告白すると伝説の木が現れて、ふたりを祝福する』という伝説は、UMA《ユーマ》チェインのジュニアが人間を取り込んで食べるために流したものであったことがわかり、シェンはジュニアを退治することに成功した。

このことを風子は組織《ユニオン》の報告書で読んだきりで忘れていたのだが、今回学校潜入をするにあたり、このUMA《ユーマ》（ジュニア）の存在を思い出し、気になっていた。

調べたところ、時期がずれているせいなのか、いまの学校には七不思議が存在しない。

試しに告白めいたことを裏庭でしてみたのだが、それらしいことは起こらずに失敗に終わってしまった。

おそらくUMA《ユーマ》は現れないだろうと対策の優先順位を下げておいたのだが、ここにきてイチコが噂話を耳にしたのだ。

「七不思議じゃなくて、単なる噂話として生徒たちの間で伝わってるみたいだよ。それもごく一部の生徒しかまだ知らないみたい。ひとまず、裏庭で誰にも知られずに告白するのが大事なようだね」

「なるほど……。私たちが実験したときはけっこう人がいましたからね。それでUMA《ユーマ》が現れなかったのか……」

　風子は自分が告白役を買って出て、ジーナに告白した実験を思い出していた。念のための安全対策として、周囲にはシェンやムイ、ショーンの姿もあったはずだ。

「UMA《ユーマ》も人知れず人間を食いたいなら、状況を選ぶだろうしな。で？　どうする？　とりあえず、監視カメラでもつけておくか？」

　ニコの提案に、一心がうーんと唸った。

「そのUMA《ユーマ》、人がいるかいないかを感知できるのであれば、監視カメラを設置した段階でなりをひそめるぐらいの知能はありそうですぞ」

「ありうるな……」

「もうすぐ文化祭です。おそらく多くの生徒が告白することが予測されます。できるだけ早く安全対策を練らないと……」

　神妙な顔で言う風子にニコは眉をひそめた。

「……文化祭と告白って関係あるのか？」

「ありますよ！　大ありです!!　いつもとは違う学校で、一緒に作りあげる青春の時間！

広がる一体感！　わきあがる達成感！　文化祭で告白しないでいつするんですか!?」

フーッフーッと鼻息を荒くして訴える風子に、ニコが思わず身をのけぞらせる。

「そ、そうかよ……。となると、ちょっと対策は本腰入れないとな」

「対策するまで裏庭は人の出入りを禁止するのはどう？」

イチコの発言に今度は一心が難しい顔をした。

「裏庭にある花壇は園芸部が面倒を見ておる。下手に閉鎖すると部活動を制限することになって気の毒ではないか？」

「おそらく文化祭当日まで校内もざわついてますし、裏庭から人の目がなくなることはないと思います。それに告白のピークはおそらく文化祭前日と当日のはずです。それまでに対策があればきっと大丈夫ですよ」

「一応聞くが、そのピーク予想は少女漫画根拠か？」

「もちろんです！」

風子の迷いのない返事にニコはやれやれと肩を落とす。

「ひとまず早急の対策が必要だってことはわかった。オレは一度基地に戻る。そのほうがなにかと手があるしな」

「では、ワシと一緒のジェット機で戻りますかの？」

「そうさせてくれ。助かるよ」

一心の申し出にニコが頷いた。

実は一心、出張という体《てい》でしばらく学校を休み、基地に戻ることになっている。

というのも、組織《ユニオン》の第三席にして不可避【UNAVOIDABLE】ことボイド＝ボルクスから応援要請が入ったためだ。

ボイドはいま、不滅【UNDECREASE】ことクリード＝デッカードと共に今期の課題《クエスト》消化に取り組んでいるのだが、そこでどうしても不壊の力を借りる必要ができてしまったらしい。

その依頼をこなすために一心は基地に戻ることにしていた。

「すみません一心さん、忙しい思いをさせて。ムーブが運んでくれれば楽に戻れるんですけど、けっこう気まぐれなので……」

「なんのなんの。そういうのはいざというときにとっておいたほうがよいでしょう。ワシもできるだけ急いで、文化祭の当日には戻ってきますよ」

「はいっ、準備がんばるので、楽しみに待っててください！」

にぱっと笑う風子に一心は満足そうに頷いた。

文化祭に向けて学校では日々小さなトラブルがあちらこちらで起きた。

塗装用に使っていたペンキがこぼれ、廊下が真っ赤に染まったかと思えば、事前注文していた食材が早く来すぎてしまい、仕方なく本番さながらのクレープ試食大会が急遽《きゅうきょ》開催された。近隣のスーパーやコンビニから栄養ドリンクが消え、文房具店からは色画用紙や紙テープが消えた。

そのどれもが、風子にとっては眩しすぎる出来事だった。

文化祭の前日、チカラの護衛から戻った風子はひとりでメインリビングにいた。

風呂で火照《ほて》った体を冷ます間、ソファに座ってここ数日の出来事を思い返していたら、時計の針は駆け足で進み、時刻はいつの間にか深夜を回っている。

豪邸の各所に散らばる仲間たちの気配を探るように、風子は静けさに耳をすませた。

「いつまでそうしてるつもりだ?」

目をつぶり耳に集中する風子に突然、声がかけられる。

気配で近づいてくることには気づいていたので、風子は驚くことなく顔を振り向かせる。

そこには湯気のたったマグカップを持つニコが立っていた。

「ニコさんこそ、まだ休んでなかったんですか？」

「そりゃこちらのセリフだろ」

ニコはマグカップのひとつを風子に渡し、自分もソファに座った。

「いくら体鍛えてるったって、連日のお祭り騒ぎは体にこたえるんじゃねーのか？　休めるときに休んでおけよ」

「わかってるんですけど……明日が楽しみで」

「だろうな」

風子はマグカップに口をつける。ニコはコーヒー派だったはずだが、マグの中身はルイボスティーだった。眠れるようにとノンカフェインを選んでくれたらしい。

「ニコさんのおかげで無事に文化祭を迎えられそうです。結局、今日もUMA《ユーマ》の出現は確認されなかったんですよね？」

「おう。夜中に学校に忍び込んで告白するやつがいなけりゃ、このまま無事に当日を迎えられそうだ」

裏庭に出現するUMA《ユーマ》対策が必要とわかってから一日半後には、ニコは光学迷彩機能のついた監視カメラを設置していた。ショーンの不視と同程度とまではいかないが、組織《ユニオン》の開発した光学迷彩ならば、UMA《ユーマ》に気づかれる可能性は限りなく低い。さらにはかなり離れた場所に監視カメラを設置しているので、警戒されることはまずないだろう。

「しっかし、文化祭に浮かれて告白するやつなんてホントにいるかね。自分の仕事を完遂することのほうを優先させろよ」

「恋する気持ちは伝えられずにはいられないものですよ！」

「そういうもんかね。オレにはわからん」

「そういうもんです。大丈夫、ニコさんにもいつかぜっっったいわかる日が来ます。苦しいけど、それまで持ちこたえましょう！」

「苦しいのかよ!?　夢と希望があるのかないのかわからん励ましだな」

ニコは呆れるように笑い、マグから一口お茶を飲んだ。

ふたりの間に、静かな沈黙が落ちた。

やがてそれを破ったのは、風子だった。

「…………私、毎日すごくしあわせなんですけど……少しだけ申し訳なさも感じていて……」

「……どんな？」

「今回のミッション、学校への潜入はチカラくんを守るためですけど、それなのにすごく学校生活が楽しすぎて……。こんなに楽しくていいのかなって時々思っちゃうんですよね」

「つまらねぇよりはいいんじゃないか？」

「それはそうですけど……」

「不死はたったひとりで戦っているはずなのに、か？」

「！　……そうです」

風子はマグカップを両手で包むように持ち、言った。

「アンディはきっといまもどこかでひとりで戦ってます。なのに私だけが、みんなと……すてきな仲間と一緒にいて、しあわせをもらって……。なんだか不公平じゃないのかなって」

「なんで一心が文化祭をやろうと言い出したのか、聞いたか？」

「ほへ？」

突然の話題の切り替えに、風子は間抜けな声を出した。

「え、あの……？」

「だから、一心が文化祭を職員会議にかけた理由だよ。風子だって変だと思わなかったか？　学校に潜入して、文化祭をやりたいなんて、無茶もいいところだ」

「そりゃまぁ……思いましたけど。なにか大きな理由があるんですか？」

話の着地点が見えないまま、風子は話題にのり、問いかけた。

「大ありだ。一心はな、風子のために文化祭の企画を通したんだ」

「え……」

驚きのあまり、風子の手から思わずマグカップがすべり落ちそうになる。しかし、ループ後に鍛えた瞬発力でそれをふたたび握り込むことで惨事を回避し、念のために近くのローテーブルに置いた。

「私のためって、本当ですか？」

「ああ。一心自身が言ってた。この春に潜入がはじまってすぐの頃だよ。お前にもっと学園生活を楽しんでほしいから、文化祭を企画したいって」

「一心さんが……どうして……？」

「だから、言葉の通りだ。お前に学園生活を楽しんでほしいのさ。のびのびと、子どもらしく」

それは春のことだった。

ニコが休み時間にイチコと共にたばこを吸っていると、一心がやってきて、文化祭復活の企画を打ち明けられた。

「今度の会議で議題としてあげたいので、後押しをお願いします」

丁寧に頭を下げる一心に、ニコはたばこを消しながら尋ねた。

「それは風子のためか？」

「おや、わかりますかね？」

頭を上げた一心が目元をゆるめた。

「あなたが企画する理由は他にないでしょう。でも、どうしてそこまで？」

やはりたばこを消したイチコが尋ねる。

「あの子の孤独を思うと、なにかしてやりたいと思うのですよ」

たったひとりでループしてきたという不運【ＵＮＬＵＣＫ】の少女。仲間を集めるために百七十年もの間、コツコツと地ならしをしていた。一心が生きてきた時間よりも長い時間を、いつか出会う仲間のためにひとりで過ごしてきたことを想像すると、一心の胸には言い表しがたい寂《さび》しさが広がる。

一心が出会ってからの風子は、いつも誰かのため、仲間のために動いていた。そんな彼女が、潜入した先の高校でいままでにないほど、外見年齢に見合った笑顔や行動をとっている。それが、一心には嬉しかった。

「実年齢は二百歳近くても、外見はワシから見ればまだまだ子ども。たったひとりでがんばってる子には、少しぐらいご褒美《ほうび》があってもバチは当たらんと思うのですよ」

一心の言葉は、ニコとイチコの気持ちの代弁でもあった。

語り終えたニコは、風子に向き合う。

「お前は今がしあわせすぎるって言うけど、これぐらいのしあわせはもらっといていいと思うぞ。これはオレたちの総意だ」

「ニコさん……」

風子がこみ上げる想《おも》いをこらえるように、きゅっと唇を結ぶ。

「それにな、風子はオレたちをいままでのループで一番しあわせにしたいんだろ？　だったら、その先頭をきるお前だってしあわせにならないと、それこそ不公平だ。きっと不死も、お前のしあわせを願ってるはずだ。もしも、惚れた女のしあわせをうらやむ男なら……」

まっすぐに風子を見つめ、ニコははっきりと断じた。

「そんな男、やめとけ」

風子を見つめるニコの目に嘘はなかった。

真剣に自分のことを案じてくれていることを感じ、風子はゆっくり微笑むと、言った。

「そうですね。やめます」

「えっ!?」

目を丸くするニコに風子は続ける。

「アンディに申し訳ないって思うの、やめます。思えば、私が好きになったひとは、私が喜んでいるのを見て喜ぶひとでした」

「惚気《のろけ》か？」

ニッと口の端を上げるニコに、風子は堂々と胸をはる。

「そうですよ？　なんなら、百年分ぐらいの想いを語ってあげましょうか？」

「そんなにあるのかよ！　よせよせ、明日は大事な日だろ？　休めって」

ニコが笑って立ち上がるので、風子も「そうですね」と立ち上がった。

そのとき、豪邸のどこかから歓声があがるのが聞こえた。

「なんだぁ？」

ニコが片眉をあげる。

「きっとテラーさんの音が出るようになったんですよ。新しい解釈を見つけて」

「え、マジかよ!?　オレはもうてっきり間に合わないかと思ってたぞ」

ニコは信じられないというように、歓声が聞こえた方角を見遣《みや》る。たしかにそちらのほうにショーンたちがバンドの練習に使っている部屋があるはずだ。

テラーはベースを担当していたが、不通【ＵＮＴＥＬＬ】が発動してしまい、音を出せない状況が続いていたのだ。

ニコが今朝方《けさがた》にテラーを見た様子では、もはや本人も諦めているように見えたのだが……。

「間に合うに決まってるじゃないですか、あのテラーさんですよ？　あんなに仲間想いのひとが、仲間の助けを受けて新しい解釈を見つけられないわけがありません」

「信じてるんだな」

「もちろん」

ローテーブルからマグカップを取り上げ、風子は微笑んだ。

「信じてるから、また会いたいって思ったんです」


文化祭当日の朝礼は、校長は不在のまま行われた。

一心の思いを知ったいま、彼がいないのはとても残念だが、そこで気落ちしていては彼の願いに反する。風子は気持ちを改め、文化祭を楽しむことを心に誓った。

しかし、事件は唐突に起きる。

「食中毒？」

不吉な響きに、喫茶室の開店準備をしていた風子は手を止めた。

「そうなんだよー！　昨日《きのう》、前祝いだーって連れだって食べに行ったやつらがそろって食中毒にあっちまったらしくて！」

二組の文化祭実行委員の男子生徒が頭を抱えて言う。

くわしく聞いたところ、食中毒になってしまった生徒は八名。けっこうな人数である。

「郊外で食中毒になったってことね？　よかった、うちの喫茶室のケーキを食べたせいってわけじゃなくて」

風子のそばで話を聞いていたジーナがほっと胸を撫で下ろす。

「でも、八人も欠席となると……シフトの組み直し、どうしようか？」

チカラがポケットからシフト表が印刷されたものを取り出し、うーんと唸る。

食中毒にあたった八人は、一緒に食事をしに行くほどの仲であったため、同じ時間のシフトに入っている。他の時間の人間を移動しない限り、対応しきれるものではない。

「とりあえず、考えてみたんだけど、これでどうかな？」

文化祭実行委員の生徒が、手書きのシフト表を差し出す。クラスメイトたちはそれを回し読みし、「いいんじゃない?」「仕方ないよね?」「短時間でよく考えたよー」とその出来を褒《ほ》めたたえ、実行委員の苦労を労《ねぎら》った。

しかし、新しいシフト表を見た風子とジーナは、表情を大きくこわばらせた。

当初から文化祭では風子とジーナはチカラのそばを離れない予定であった。午前中のフリータイムを共に過ごし、午後は喫茶室の厨房《ちゆうぼう》当番を共にこなす。ジーナがバンドの発表会で抜ける時間はビリーとニコが客として訪れ、そばで守る体勢だ。

だが、新しいシフト表によると、チカラはフロアに変更となり、風子とジーナは厨房担当のままなので別れてしまっているのだ。

厨房からフロアは衝立《ついたて》で仕切られているため、見守ることができない。

さらには、午後の時間にチカラの両親が訪れると聞いている。過去のループでチカラが否定能力を発動したときに両親を失ったことを考えると、この文化祭で能力が発現する可能性がないとは言い切れないという危険な状況だ。

「これ……組み直してもらえるかな……?」

「難しいんじゃない……?」

「そうだよね……」

風子とジーナは小声で話し合う。

他の生徒たちは満足しているようだし、シフト表を見れば見るほど、これ以外の方法はないと思えた。

「フロアかぁ……いきなりでボクにできるかな」

チカラが不安げに言うと、実行委員の生徒が「大丈夫だって！」とチカラに笑いかけた。

「フロア用の衣装はサイズ各種揃《そろ》えてあるし、チカラは家が料亭ってだけあって、話し方も人との接し方も優しいだろ？　俺的には、むしろ最初からフロアがいいと思ってたんだよ。けど、チカラが厨房希望って聞いて、残念だなーって思ってたんだ」

「そうなの？　じゃあ、がんばってみようかな」

文化祭実行委員の生徒に励まされ、チカラはやる気になったようだ。

それを見てしまうと、風子としてもますますシフト変更を言い出しにくい。

「ひとまずみんなに相談してみましょう」

「それ、いいと思う！」

ジーナと風子はそっと廊下へ出ると、チカラの姿を横目で確認しながら組織《ユニオン》のエンブレムに話しかけた。

「というわけで、午後の時間に誰か喫茶室まで来てもらうことはできませんか？　ジーナちゃんが途中で抜けることを考えると、最低ふたりはチカラくんのそばにいてほしくて」

「ニコとボクがずっと張り付こうか？」

ビリーが言うと、ニコが「それは難しいな」と言った。

「UMA《ユーマ》チェインのこともある。オレとビリーが同じ教室にいると、そっちの初動が遅れて危険な可能性も出る」

「私がフォローに回っても、戦力にならないしねぇ」

イチコがため息まじりに言った。

「では、私が……」

ムイが立候補するが、それを瞬時に制したのは風子だった。

「ムイちゃんはバンドがあるよね？　そっちを優先して」

「ですが……」

申し訳なさそうに言い募ろうとするムイに、今度はシェンの音声が割って入る。

「そうだよ。いっぱい練習したんだし、発表しないのはもったいないよ。風子ちゃんたちのフォローにはボクが入るから」

「おいおい、いいのかシェン？　ムイの晴れ姿を最前列で見るつもりじゃなかったのかよ？　お前が見に来るって聞いてから、ムイのやる気はすごかったんだぞ」

「ショーンさんっっ！　恥ずかしいこと言わないでください！」

珍しくムイが慌てた声で言うと、シェンが驚いたように言った。

「恥ずかしがることないよ。観客が増えて嬉しくてがんばるってすごくいいことだと思うけど？」

違う。そこじゃない、そこではないだろう。

ムイとシェン以外のメンバーは一斉に心の中でつぶやくが、それを察するふたりではない。

「ムイちゃんたちのバンドを見られないのは残念だけど、クラスメイトに録画を頼んでおいたから、後でゆっくり見るよ」

「シェン様……私、がんばります！」

「うん、がんばって」

ふたりのやりとりが一段落ついたところでジーナがまとめに入る。

「……ひとまずチカラを見守る係はシェンに決定。また何か問題が起きたら、その都度連絡し合いましょ」

他のメンバーからは了承したと返事が返ってきたので、風子たちはエンブレムでの通信を切った。

「風子ちゃん、ファンへは連絡しなくていいの？」

「それも考えたんだけど、ファンさんはいざというときの切り札にしておきたくて。あと、ファンさんは組織《ユニオン》のエンブレムをつけてないから連絡が取りにくいんだよね。足で見つけるか、先生方に頼んで校内放送をかけてもらうかしかないし」

「なるほど。たしかに文化祭だと、職員室にいるとは限らないからねー」

「ニコさんの話では、ファンさんを筆頭に体育教師は校内を巡回して安全確認をしているみたい。外部の人が入ってきて悪さをするといけないからって」

「そうなるとますます探すの大変かもね」

「うん。今後のことを考えると、やっぱりなにか通信手段を考えたほうがいいかも……」

顎《あご》に手をそえて風子が思案していると、校内放送用のスピーカーからクラシック曲が流れてきた。

それこそ、生徒待望の文化祭の開幕を告げる音楽であった。


午前中のフリータイムをチカラ、風子、ジーナはおおいにはしゃいで過ごした。

当初、「チカラくんの行きたいところに行こう」と風子は言ったのだが、チカラが「みんなで行きたいところに行こうよ」と提案してくれたので、回る順路について熱心に話し合い、スケジュールをたてた。もちろん卒アルのカメラ係としての仕事もこなしながらだったので、なかなかにタイトな時間配分で各所を回ることになったが、かえってそれが充実した時間を演出してくれた。

午後になり、三人は喫茶室のシフトに入るため、自分たちの教室へ戻った。

用意されていた衣装にはじめて袖《そで》を通したチカラは照れまくっていたが、持ち前の真面目さから給仕役をきちんとこなし、厨房に入ってくる姿を見ても危なっかしさはない。

「いま、シェンくんが来てるよ」

厨房エリアに入ってきたチカラが教えてくれる。「ニコ先生も一緒だった」

打ち合わせ通りの配置になっているとわかり、風子とジーナは「よし」と目で頷き合う。

「ニコ先生はコーヒー、シェンくんはできればウーロン茶って言ってるけど、無理だよね……？」

「メニューにないものはちょっと……」

そう答えながら、風子は心の中でシェンに謝った。突然来ることになった喫茶室ならば、飲み慣れたものがよかっただろうに。

「そうだよね。ないなら紅茶にするって言ってたから、お願い」

「はーい、コーヒーと紅茶、オーダー承ります！」

手早くオーダー品を用意し、チカラに持たせる。

喫茶室は軽食よりもケーキ類に力を注いでいたので、昼食後すぐの時間は比較的客の流れがゆるやかだった。

その後、ニコが帰ると入れ替わりのようにビリーが教室を訪れた。

ビリーは当然のようにコーヒーをオーダーした。

コーヒー党の彼の口に合うか、ひそかに緊張した風子とジーナであったが、厨房に戻ってきたチカラが、

「美味《おい》しいってビリー先生、言ってたよ」

と、嬉しそうに報告してくれた。

風子とジーナだけでなく、厨房スタッフ全員に笑顔が広がる。

「あと、シェンくんも紅茶を気に入ってくれたみたいだよ。おかわりだって」

「そっか……もう飲んじゃったんだね」

戻された茶器を受け取り、風子は考える。

このままいくと、シェンは延々とお茶を飲むことになる。いざというときトイレに行きたくなったら困ってしまう。いやその前に、ずっと喫茶室に居座っているシェンの姿を、

他の生徒たちが訝しまないかも問題だ。

どうしたものか……。風子は新たな問題に頭を悩ませた。

しかしこの後、この問題は杞憂《きゆう》に終わることになる。

新たな事件が起きたのだ。


その連絡が風子に入ったのは、ジーナがバンドのために厨房から出たタイミングだった。

「UMA《ユーマ》チェインのジュニアが現れた」

ニコからの緊急連絡に、風子の顔に緊張が走る。

「被害は!?」

厨房の隅でしゃがみ、声を潜《ひそ》めて尋ねると「告白した男女をオレごとポッドで保護してる」とニコから返事がくる。その声の向こうでなにやら奇妙な鳴き声が聞こえた。おそらくジュニアの咆哮《ほうこう》だろう。

「被害を広げないために他のポッドで立ち入り禁止エリア設定をしちまったせいで、守備しかできない。援護を頼む。アタッカーをふたりもらえれば、大丈夫だ」

「すぐ私が！」

「だめだ」

その声は、いつから回線に入っていたのか、ビリーのものだった。

「きみはクラスの担当があるだろう？　そっち優先」

どうやら喫茶室を出てすでに移動を開始しているようだ。

「でも！　ビリーさんが行ってもアタッカーが足りません！」

「そこはボクに行かせてほしいな」

続いて回線に割り込んできたのはシェンの声だった。

「ずっと筋トレばかりで体がなまってたんだ。少しは動かせてよ。チカラのことはひとまず風子ちゃんにあずける。急いで帰ってくるから、キミはちゃんとバンド、出てね」

「え……？　まさか！」

シェンの最後の言葉に違和感を覚えた風子は、慌てて厨房から廊下へと飛び出す。

そこで駆け去っていくシェンのうしろ姿と、立ち尽くすジーナの姿を見つけた。

「ジーナちゃん、いまの聞いて……!?」

風子の問いかけに、ジーナは視線を落として気まずげに口を開く。

「ビリーとシェンが慌てて出てくるのに気づいて、シェンをひっ捕まえて通信を……」

風子のエンブレムからニコのため息のような声が聞こえた。

「マジか……。バンド組には聞かせないようにしてたのに……。シェン、お前なぁ！」

「だってジーナちゃんの気迫がすごくて、断れなかったんだよ！　だけど、ほんとジーナちゃんはバンドに行って！　きみたちの努力はちゃんと発表すべきだ」

「でも、ここで私が行ったらチカラはどうなるの？　もし否定能力が発揮されたら、私たちがここに来た意味がなくなる。そのためには、私はここにいるほうがいい。シフトは終わってるし、いまならお客として喫茶室にいればいいもの」

「そんなのダメだよ」

風子の口から否定の言葉が飛ぶ。

ジーナの言い分はもっともだった。おそらく一番正しいことを言っている。ちらりと横目でフロアにいるチカラを確認しながら、風子は唇を噛んだ。けれど、風子の中で、納得できないものが渦巻くのだ。

そのとき、ジーナのジャケットのポケットから小さな振動音が聞こえた。ジーナが取り出したそれは、通信をキャッチしたことを告げているエンブレムだった。おそらくショーンから集合に遅れていることを心配して連絡が入っているのだろう。

しかしジーナは「ちょっと待ってて！」と一言だけ伝え、エンブレムをポケットにしまった。

「風子ちゃん、いまは出来る最善のことをしよう」

ジーナはそう言うと、喫茶室の入り口へと向かう。

だが、その前に風子が両手を広げて立《た》ち塞《ふさ》がった。

「風子ちゃん……！」

「私、自分に誓いをたてたの。今度こそ、みんなを一番しあわせにするって。だから、ここでジーナちゃんをステージに行かせなかったら、それは誓いを破ったことになる」

「……ならないよ」

「なるよ！　私がわからないと思ってるの!?　ジーナちゃんがどれだけバンドをがんばってたか！　バンドは誰ひとり欠けてもいけない。そう思ったから、テラーさんの復帰に一生懸命だったんだよね？　それなのに、ジーナちゃんが諦めちゃダメだよ！」

「そりゃ私だってバンドやりたいよ！　でも、いまは他に手がないじゃない！」

ジーナが悔しげに拳を握り込む。

——その拳を支えるように包み込めたら、少しは気持ちが軽くなるかもしれない。

不運の少女の胸に、一瞬だけ自分の能力を恨めしく思う気持ちが生まれる。

だが、彼女はすぐにそれを否定する。現状を変えるのは、「たられば」ではないことを、知っているから。

「校内放送でファンさんを呼び出します。そうすれば、時間は稼げる。だからジーナちゃんはもう行ってください！」

「けど、そのファンを呼び出す一瞬の間に、何が起きるかわからないよ!?」

ジーナがなおも食い下がる。

そしてこのふたりの平行線の会話に終止符を打ったのは、風子たちの予想を超えたものだった。

重野力の両親である重野夫婦は、息子に会うために予想以上の苦労をした。

というのも、息子のクラスがやっている喫茶室の人気が高すぎて、四階の教室から続く行列は階段をつたって二階にまで達していたからである。

「こんなに繁盛するなんて、すごいねえ」

「ええ。チーくんにどんな秘訣《ひけつ》があるのか、教えてもらいましょうよ」

そんな会話をしながら、ようやく喫茶室にたどり着いたふたりは教室に入った瞬間、人気店の理由を見せつけられた。

「おかえりなさいませぇ、ご主人様ぁ！」

フリルをふんだんに使ったスカートをひるがえし、白いエプロンを身につけた、筋骨隆々の男たちが重野夫婦を迎えてくれたのである。

「こ、こんにちは……」

圧倒されつつも重野夫人が挨拶《あいさつ》をすると、夫人の太ももよりも太い上腕を持つ給仕が、ぐっと顔を近づけてきた。

「ん？　その顔はもしかして重野力の両親か……？」

「え!?　はい、そうですが……？」

戸惑いを浮かべ、思わず抱き合うように身を寄せ合ってしまう重野夫婦。

だが、先に落ち着きを取り戻した重野夫君が給仕の顔を見て「おや？」と目を瞬《しばた》かせる。

「あなた、もしかしてボクシングで世界チャンピオンの……!?」

期待と興奮が混ざる声に、給仕は困ったように笑った。

「おっと、悪いな。今日はサインはできねぇんだ。さすがにこの格好じゃな……」

「おい、言葉遣《づか》いが素になって……ますわよ？　風子に『コンセプトが命ですから！』って言われた……じゃございませんこと？」

と、奇妙な話し方で会話に割り込んできたのは別の筋骨隆々の大男。こちらは顔に傷があり、明らかに一般人とは違う雰囲気に、重野夫婦はふたたび身を寄せ合う。

「わ、わかってる……じゃなくて、わかっていてよ！　チカラ！　ご両親が来てるわよ！」

給仕が声をかけると、「はーい」という声と共に、チカラが早足でやって来た。

「父さん、母さん、来てくれたんだね！」

「チーくん……!?」

息子の姿に重野夫妻は目をぱちくりとする。

他の給仕と同様、息子もひらひらのスカートに、パフスリーブのブラウス、そして白いエプロンを身につけている。

「その格好はいったい……」

「えへへ……。急遽、フロア担当になってね。驚かせようと思って言ってなかったんだけど、うちのクラスは女装メイド喫茶なんだ」

「女装、メイド喫茶……？」

耳慣れない言葉に、重野夫君が思わず眼鏡《めがね》をずりあげる。

「メイド姿で給仕するお店を、そう呼ぶらしいよ。いつも話している出雲さんが提案してくれたんだ。なんでも『これから流行《はや》るから、絶対やったほうがいい』って。で、普通にやったらつまらないから、女装してやることにしたんだ」

「そうなの……。たしかにすごい人気よね」

重野夫人は教室の外にできていた行列を思い出した。

「でも午前中はそこまで人はいなかったんだよ。やっぱり助っ人のおかげがあるよね」

そう言うと、チカラは先ほどの筋骨隆々の男を見遣る。よく見れば、筋骨隆々の男はふたりだけで、あとの女装メイドはごく普通の男子生徒ばかりだ。

「あの方も高校生……?」

「いえいえ、彼らはボランティアの保護者ですよ」

そう言ったのは、教室のはじで室内を見守るように立っていた一心校長だった。

「校長先生……!? いつも息子がお世話になっております」

慌てて挨拶をする重野夫婦に一心は「いえいえ」と鷹揚《おうよう》に答える。

「このクラスに欠席者が多いと聞きましてな。人数が足りないとやりたいこともやれないだろうと、保護者の方からお手伝いの申し出がありまして、それでこうなったわけです」

「なるほど……柔軟な対応ですね」

重野夫婦は驚きつつも感心したように頷いた。

「さ、父さんと母さんも座って！　メニューも豊富だから楽しんで行ってよ！」

明るい声で両親を席へと案内するチカラ。その様子をちらりと見て、一心は組織《ユニオン》のエンブレムに話しかけた。

「警護はばっちり。能力の発現は確認されておりませんぞ」


一心からの通信を聞いた風子は、肺の息をすべて吐き出すように息をついた。

「よかった……。ありがとうございます、一心さん」

厨房の隅で、オーダーされたケーキを皿にのせながら風子はエンブレムに話しかける。

「一心さんがボイドさんとクリードさんを連れてきてくれて、本当に助かりました」

「なんのなんの。たまたまおふたりが風子殿の楽しんでいる様子を見たいとおっしゃったので、課題《クエスト》帰りに案内しただけでしたが、結果オーライでしたな」

「ええ、本当に……」

一心が不可避【UNAVOIDABLE】ことボイドと、不減【UNDECREASE】ことクリードを連れて教室に訪れたのは、ジーナのバンドの演奏開始二分前のことだった。

道すがら、ニコの通信内容を盗み聞きしていたボイドたちの行動は早かった。ジーナを体育館へと送り出し、自分たちは客として喫茶室へ……のはずが、一心があることに気づいてしまった。

「どうやら給仕の数が足りておらん様子ですな」

幸いなことに、給仕服は各サイズたくさん用意されており、保護者飛び入り参加を許可する校長はその場にいた。

こうして筋肉メイドが爆誕したわけである。

女装・筋肉・メイドという異種組み合わせは非常に評判を呼び、あっという間に行列ができる喫茶室ができあがった。

「まさか帰ってきたら、こんなに繁盛してるなんて思わないわよ」

これまた急遽ふたたびの厨房担当になったジーナが呆れたように言いながら、コーヒーを用意する。

ケーキを用意していた風子は、にこにこと喜びを隠せない様子で言った。

「でも、ボイドさんとクリードさんのメイド姿なんてレアだよ、レア！　眼福！」

「ええ～、あんなムキムキメイドが眼福～？　風子ちゃんの趣味、わかんないなぁ」

「そうかな？　こんな展開、少女漫画でもないよ？　最高だよ！」

「でた、少女漫画脳。まあでも、風子ちゃんのためだから、あのふたりも着たんだろうね」

「…………そうだね」

素直に肯定した風子に、ジーナは「おや？」と片眉を上げる。

風子は胸に手を当て、心の奥からわきあがる想いと共に微笑んだ。

「わたしの一番のしあわせは、みんなにまた会えたことだよ」

二百年近く生きてきて、〝いま〟が一番しあわせだと感じること以上のしあわせがあるだろうか。

想いをかみしめている風子に、ジーナも満足げな様子で言う。

「じゃあ、今日が最高にしあわせな日で終われるよう、もう少しがんばろうか」

「そうだね！」

ふたりが見つめ合ってうなずきあったとき、スカートのフリルを豪快に揺らしながらクリードが厨房へと戻ってきた。

「おいっ、じゃねぇ、あー……よろしくて？　ケーキセット二つはいりましたわよ」

「はーい！　クリードさん、あとで写真いっしょに撮りましょうね！」

「はぁ!? 勘弁しろよ、ボス……じゃねぇ、おやめになってよ、ボス」

これまでどんな敵にもひるまないと有名だったクリードがかつてないほど逃げ腰になっている姿に、ジーナは耐えきれずに噴きだした。

「あはは! ヤバイ、めっちゃいい! 私とも写真とろ、ね? お願い!」

「だからぁ、撮らねぇって言ってるだろ!」

「いいじゃんいいじゃん! サービスしてよぉ、メイドさま〜!」

「じゃれるな、ジーナ!」

「せっかくだからみんなで撮ったら? ボク、撮るよ?」

そう言ったのは、ちょうど食器を戻しに来たチカラだ。

チカラはクリードに近づくと申し訳なさそうに、でもどこか楽しそうに言った。

「クリードさん、早めにホールに戻ってもらってもいいですか? さっきから『筋肉メイドが見たい〜』ってお客さんが殺到してて。ボイドさんが対応しきれなくて悲鳴あげそうです」

「お、おう……。こんな姿のどこがいいんだ……ですの?」

「全部です!!」

胸をはって堂々と宣言するボスの姿に、クリードは肩をおとし「イエス、ボス……」と小さく言った。

そしてこの日、『女装メイド喫茶』は文化祭で一番の収益を記録し、風子たち否定者の忘れられない記憶のひとつとなった。

Ep《エピソード》.004
全《ぜん》部《ぶ》、終《お》わるまでは渡《わた》さない

一九九九年
四月〇日
保健医として働きはじめて、はや一週間。

どうなることやら、と思ってたけど、いまのところ問題も起きてないし、ほっとしてる。

他の教師役もうまくやっているみたいだしね。

正直なところ、ビリーとファンはけっこう心配だった。

でも、むしろこの二人こそが生徒たちにウケてる気がするんだよね。

ビリーなんて休み時間も生徒たちに囲まれてるから、ほぼ自分の時間がないらしい。

「たばこが恋しい……」

と顔を合わせるたびに言ってるけど、そのわりには楽しそうな顔をしてる。

ファンの場合は男子生徒ウケがすごいんだよね。あのぶっきらぼうさと、意外な面倒見の良さがいいみたい。あとやっぱ、単純にあの筋肉が目を引くみたいだね。

でも筋肉といえば、一心《いっしん》校長だって負けてないと思うんだけど、そこは生徒たちにそんなに注目されてないんだよね。やっぱり立場的な距離感を感じてるのかな。

でも教師陣には一心の評判もいいみたいで、このまえ副校長先生と話したら、

「頼れる方が来てくださって、嬉《うれ》しいです」

と、ベタ褒《ぼ》めだった。

ニコとは喫煙スペースで話すことが増えた。いままでは研究のことばかり話していたけど、学校では誰が聞いているかわからないから、わざとそれ以外のことを話している。

いままでの人生、研究以外のことを考えるなんて時間の無駄だって思ってたけど、こういう時間も悪くないね。

でも、風子《ふうこ》ちゃんが言うにはこれからの世界では、喫煙スペースが少なくなっていくんだって。

世知辛《せちがら》いねぇ。

五月×日
運動会が無事に終わった。
大きな怪我《けが》をする生徒もなく、保健医としてもほっとしている。

しっかし、若者のエネルギーってのはすごいね。どの競技でもバチバチに若さのパッションとエネルギーがほとばしってて、眩《まぶ》しくて目開けられないかと思っちゃった。

風子ちゃんも参加がギリギリ間に合ってよかった。

ただがんばりすぎて、シェンと接触しちゃったのは笑っちゃったけど。

転んだシェンの尻がマル見えしたとき、運動会が最高に盛り上がったのは間違いないね。

あのとき校庭に爆発的に広がった声は、なんていうんだろう？

悲鳴？

歓声？

怒声？

どれとも違う声だった気がするし、どれも当てはまっている気もする。

勝負の行方よりも、シェンの行動のほうが注目されてたのは間違いない。

今日も保健室に顔を出した生徒たちが、口々にシェンのことを言ってたし。

シェンもシェンだよ。

せめて下着を穿《は》いてたら、もう少しみんなの反応も違っただろうに。

あ、でもつまりそこまでが風子ちゃんの不運てことなのかな？

そういえば、昨日《きのう》の夜にシェンがニコのところに来たんだって。

「みんなの記憶を消して！」

とお願いされたけど、ニコは断ったんだってさ。

シェンの気持ちもわからなくはないけど、半ケツもいい思い出じゃない？

いつか私たちがこの学校を離れるときは、結局はみんなの記憶を消すことになる。

それまではどんな思い出も平等にとっておきたいと願うのは、わがままじゃないよね。

六月□日
文化祭の準備がはじまった。

とはいっても、生徒たちが参加するのは七月の期末試験が終わってからで、はじまったのは学校側と文化祭準備委員会の会議。

学園のお祭とはいえ、なにかと提出する書類が多くてそれに追われてる。

お役所仕事みたいなものも多いし、そういうのってあんまりやってこなかったから骨が折れる。

でも、職員会議でやるって言っちゃったんだから、やるしかない。

文化祭ができるって聞いて、風子ちゃんめちゃくちゃ喜んでたな。

「少女漫画では文化祭は鉄板なんです!!　ふたりの仲が一歩進む、そんなビッグイベントなんです！」

「？　ふたりって誰のこと？」

「決まってるじゃないですか！　現在進行形で恋をしてるどこかのふたりですよ！」

って、鼻息荒く語ってくれたもんね。

文化祭の楽しみが、見ず知らずの「ふたり」の仲を進展させることでいいのかは疑問だけど。

事務仕事をするのに、ニコのロボットアームを借りてるんだけど、あれ、けっこういい感じ。

慣れるまでに時間はかかると言われたけど、案外そうでもなくてかなり使いやすい。

ニコにそう伝えたら、

「だろ!?　自信作だ」

と嬉しそうだった。

自分の作品を褒められて嬉しいのはよくわかる。

なにかと合わないヤツだけど、そういうところはわかりやすいんだよなぁ。

七月△日
文化祭の準備が、こんなに忙しいとは思わなかった……。

七月●日
今日で一学期が終わる。

くつろぎ部屋を気に入ってくれていた生徒が帰りぎわ、こう言ってくれた。

「学校に居心地がいい場所ができるなんて思ってなかった。先生のおかげだね」

すごく嬉しかった。

嬉しすぎて、一学期の疲れが吹っ飛んだ。

それをたばこタイムのときにニコに話したら、

「よかったじゃねーか！　お祝いしようぜ！」

と缶コーヒーをおごってくれた。

くつろぎ部屋を作るにはニコの手も借りたし、それもあって自分のことのように嬉しく思ってくれてるのかもしれない。

ひとまず、これは声を大にして言っておこう。

イチコ、一学期間よくがんばった！

おつかれ!!

八月☆日
生まれてはじめて山にキャンプに出かけた。

夏休みに入ってすぐに、

「チカラくんの警護するだけじゃなく、みんなも夏休みを謳歌《おうか》してほしいんだ！」

と、風子ちゃんが言い出したので、みんなで順番に夏休みを取ることになったんだよね。

生まれてこのかた、インドアオンリー生活だったけど、信頼するボスに言われたならちょっと夏休みっぽいことを実行するしかないじゃない？

今回一緒に出かけたのは、ニコ、ビリー、フィル、フィルのママと私。

野外キャンプのプロであるビリーと一緒のアウトドアは安心感が半端《はんぱ》なかった。

食材調達のためにはじめて魚釣りをしたけど、これが楽しかった〜！

魚が餌《えさ》に食いついた瞬間の微動はクセになる。

ニコもはじめてだったらしいけど、私のほうがたくさん釣れて悔しがってた。

もちろんビリーが一番多く釣ってくれたけど。

フィルについては、ニコがすごく気にかけていた。

何をするにもフィルの動きをやたらと褒めて、感心して、いっぱい話しかけてた。

まるで子煩悩《こぼんのう》の父親のように。

だから、夜にたき火を囲んでニコと私だけになったタイミングで、聞いてみたんだ。

フィルの父親になりたいのか、って。

そうしたら、ニコはぽかんとしていたけど、すぐに呆《あき》れたように笑って言ったんだ。

「ちげーよ。あの子はもう計り知れないぐらいがんばったんだ。だから、それを取り戻すまではいかなくても、いまをいっぱい褒めてやりたいんだよ。第一、人の子の親とか、オレには無理だろ。科学と心中するのがオレの夢だからな」

なんて言うから、「それはないと思う」と思わず言っちゃった。

「あんたは科学に未来と希望を見ている。だから、心中したくなるほどの絶望なんてしないでしょ。むしろ、その絶望を科学で解決しようと燃えるのが、あんたじゃん？」

短い付き合いだけど、ニコのことは本気でそう思ってた。

だからそう言ったのに、ニコは目を丸くして私を見つめて、それからなぜか口を手で覆って視線をそらした。

それを見たら、なんだか腹が立って。

だってこっちは真面目に答えたのに、顔を背けるってどういうことだよ？

それを伝えたら、なんだか慌《あわ》てたように「ちがっ、でも、だからっ」と意味不明な単語を並べたあと、ようやく観念したようにこちらを向いた。

「あー……お前がオレのことそんなふうに思ってるとは思わなくてさ。……ありがとよ」

なんでお礼を言われたかはわからない。

でも、たき火を黙って見つめるニコはなんだか少し照れているようだったから、聞くのはやめておいた。

九月■日
昨日、怒濤《どとう》の勢いで文化祭が終わった。
表面上は大きな問題もなく終わったけど、風子ちゃんが心配していたＵＭＡ《ユーマ》がよりにもよって文化祭当日に出現して、一時はどうなるかと思ったよ。
結局はビリー、シェン、ニコで対応できて、生徒たちにも被害は出なかったんだけどね。

まー、そのあとが大変だった。

自分の知らぬ間に学校にＵＭＡ《ユーマ》が現れたと知ったファンが怒って怒って。

「どうしてオレに知らせない!?」

って、風子ちゃんに詰め寄ってた。でもねー、組織《ユニオン》のエンブレムもファンは受け取らないし、捕まえるには校内放送しかないから咄嗟《とっさ》の招集が難しいんだよね。

チカラの警備のこともあるし、ファンの招集方法は要検討かも。

十月▲日
九月にチカラの否定能力・不動【ＵＮＭＯＶＥ】が無事に発現した。

んー、『無事に』ってのは変かな。この場合は『予定通り』が正しいのかも。

万全の体制で見守ってきたおかげで、チカラの両親も健在で悲劇は回避されたことになる。

ひとまずは今回のミッションの第一段階は終了で、事態は次のフェーズに入った。

チカラの卒業まで約五か月、彼の楽しい学園生活が否定能力によって阻害されないように守るのが次のミッション。

でも、チカラ本人の協力があるから、以前のフェーズよりは警備はしやすい気はする。もちろん否定能力のせいで、別の悲劇が引き起こされる可能性があるから気は抜けないのだけれど。

能力に目覚めたけど、チカラは変に落ち込むこともなく今まで通りに学校に通っている。

チカラはとてもいいカメラマンだと思う。

一見すると頼りなさげだけど、やわらかい笑顔は相手に安らぎを印象づける。

くつろぎ部屋に登校している三年生の生徒も、はじめはチカラを怖がっていたけど、いまでは話せるようになって、今日は保健室で卒アルの写真を撮った。

相手がリラックスした表情をできるようになるまで、じっくり待って関係を築いたチカラにはホント頭が下がる。

風子ちゃんの意思とは別に、いまでは私自身もチカラの学生生活を守りたいと思ってる。

ニコみたく、なにかカメラの追加機能を開発してみようかな。

十月▽日

ニコにカメラの新機能を考えてると話したら、

「一緒に開発するか」

と誘われた。

珍しいこともあるもんだよね、向こうから共同開発をもちかけてくるなんて。

いままではなんだかんだで、競い合って開発することが多かったのに。

でも、たまにはこういうのも悪くないじゃない？

十一月◇日
十一月に入って三年生の進路指導が最終段階らしく、ビリーやニコは大忙しだ。

あのニコが喫煙時間を減らしてまで対応しているんだから、よっぽどだよね。

あいつ、口ではいろいろ文句を言うけど、実際には人一倍やさしい。

チカラの護衛が終わって豪邸に戻っても、睡眠時間をけずってまで生徒たちの進路先をいろいろ調べてるみたいだから、あんまり無理すんなよって言ったら、

「本物の先生じゃないからな。調べすぎて困るってことはないんだよ。それにオレたちが学校に潜入しているせいで、生徒の進路がめちゃくちゃになったらダメだろ」

だって。

それを言われたら何も言えなくなるよね。

不眠【ＵＮＳＬＥＥＰ】の私が休んで、ニコが眠らないなんて、なんだか変な感じだ。

でも本当にニコが倒れないか、心配。

前みたく幽体離脱させて体だけでも休養させようかな？

あ、幽体じゃ調べ物できないから、きっと怒るな。やめとこ……。

十二月▼日
あー……正直、この気持ちをなんて書いていいかわからない。

でもひとまず、順を追って書いておく。

今日──あ、いや、もう昨日かな？──はチカラを豪邸に招いてパーティだった。

メイちゃんたちが作ってくれた料理はとっても美味《おい》しかった！

チカラも今夜は泊まっていくというので、みんなでどんちゃん騒ぎをして、時計の針がてっぺん近くになるまで盛り上がった。

チカラにはクリスマスプレゼントとして、転送システムを搭載した印画紙セット機を渡した。それを使えば、転送システムのおかげで無限に印画紙を使えるという代物だ。

ニコと共同開発したおかげで、トントン拍子に仕様と試作品が出来あがって、クリスマスに渡すことができたのは、ほんとありがたかった。

学生組が寝室に行ったあとは、ビリー、テラー、ニコと少しお酒を飲んだ。

とはいえ、ビリーは下戸《げこ》だし、テラーもそれに合わせてかほとんど飲まず、早々に部屋へと戻ってしまった。

結局リビングに残ったのは私とニコだけ。

いつものペースで飲んでたら、ニコがいつの間にか寝落ちしてた。

ニコ、酒に弱いんだよね。ソファに並んで座ってたせいもあって、ニコが私の肩にもたれかかってきて。

ちょっと重いなとは思ったけど、まぁ少しぐらいならいいかなと思ってたら、ニコが目を覚まして、

「な、なななななな!?」

って私の顔を見て言ったんだよね。

そうしたらニコの顔がみるみるうちに赤くなって。

「ほんとすまん!　部屋で寝る!」

ってリビングを出てった。

あんな顔を真っ赤にさせたニコははじめて見た。
いくら私でも、気づくよ。
あいつ、私のことが好きなんだって。
でも、その思考が脳にひらめいた瞬間、ぶわっと体中が熱くなった。
あまりにも唐突に理解できたんだ。
私も、あいつが好きなんだって。

二〇〇〇年
一月◆日
新年を迎えた。新しい一年。
正直に言う。
好きな人がいると、世界が違って見える。
自分は恋なんてしないまま人生を終えると思っていたから、誰かを好きになるのは未体験すぎて、我がことながら観察したい気持ちがあふれてたまらない。
でも、気を抜くとニヤけてしまうのはなんとかしたほうがよさそうだ。

一月⊿日

今日は珍しく風子ちゃんと大浴場で一緒になった。

なにがきっかけかは覚えてないけど、話題は恋バナになり、風子ちゃんの恋バナを聞かせてもらった。

真っ裸で再生する不死【ＵＮＤＥＡＤ】との出会いから、別れまで。

不死【ＵＮＤＥＡＤ】の話をする風子ちゃんは、とても楽しそうだった。

そして、いかに彼のことを想《おも》っているかが伝わってきた。

風子ちゃんは二百年近く不死に会っていない。

その年月、自分の恋心はすべて後回しにして、仲間たちのことを一番に考えてくれていた。

きっと、不死自身も同じことをしているのだろう。

それを思ったとき、ふと疑問がわいた。

私の恋、これでいいのかなって。

二月十四日

ヴァレンタインデーとあって、学生たちはどこか浮き足だっている。

放課後、いつもの場所でニコといつものようにたばこを吸った。

「外で吸うの、限界あるよな」

ニコが苦笑するように言う。

私は白衣のポケットに手を突っ込むと、ずっと忍ばせておいた箱を取り出した。

「ニコ、これプレゼント」

「…………へ」

「はじまりを止めるためのプレゼント」

「どういう意味だ？」

ニコが私の顔と差し出したままの箱を順繰りに見つめる。

「ヴァレンタインにプレゼントをする意味、知ってるよね？」

「……さすがにな」

「この箱の中にはね、何も入ってないんだ」

「は？」

「私の気持ちを、ニコにはまだ渡せないから」

「………………えっ!?」

ニコが顔を赤らめた。私の体も熱かった。きっと顔も赤いはずだ。

「全部、終わるまでは渡さない」

私はニコの視線を誘導するように、渡り廊下を見た。

ちょうどそこには、チカラと一緒に掃除場所へと移動する風子ちゃんの姿があった。

風子ちゃん。たったひとりでループしてきた、優しい子。

この学園であの子の笑顔をたくさん見られて嬉しかった。

いつもみんなのためにがんばるあの子を、もっと支えたい。

だから、いまははじめて知ったこの気持ちは、止めておこうと思う。

好奇心旺盛な私のことだから、けじめをつけない限り、恋心をもっと知りたくなってしまうだろうから。

でもいまはそれよりも、やりたいことが、やらなくてはいけないことが、あるんだ。

視線を戻すと、ニコは真面目な顔でこちらを見た。

「よくわかった。だったらオレもこのまま止めておく」

ニコの言葉に、私はうつむくように頷《うなず》くのが精一杯だった。

この日記は、今日で止めておこうと思う。

いつか全部が終わったとき、もう一度このファイルを開いて恋が動き出すまで一時休止。

アンデッドアンラック
否定者たちのアオハルな高校生活

■初出
アンデッドアンラック 否定者たちのアオハルな高校生活 書き下ろし

[アンデッドアンラック] 否定者たちのアオハルな高校生活

2025年4月9日 第1刷発行

著　者／戸塚慶文 ◉ 平林佐和子

装　丁／山本優貴〔Freiheit〕

編集協力／長澤國雄　佐藤裕介〔STICK-OUT〕

編集人／千葉佳余

発行者／瓶子吉久

発行所／株式会社 集英社

〒101-8050　東京都千代田区一ツ橋 2-5-10
TEL　03-3230-6297（編集部）03-3230-6080（読者係）
03-3230-6393（販売部・書店専用）

印刷所／TOPPAN クロレ株式会社

Printed in Japan　ISBN978-4-08-703557-5 C0293

検印廃止

コミックス全《ぜん》27巻《かん》、大《だい》好《こう》評《ひょう》発《はつ》売《ばい》中《ちゅう》!!!
アンデッドアンラック
戸《と》塚《づか》慶《よし》文《ふみ》
集《つど》え、
GOOD LUCK
悪《あく》辣《らつ》!暴《ぼう》虐《ぎゃく》!不《ふ》死《じ》身《み》の男《おとこ》!
バトルコミックス!!

否《ひ》定《てい》者《しゃ》。
これは運《うん》命《めい》に抗《あらが》い続《つづ》ける者《もの》たちの物《もの》語《がたり》——。
前《ぜん》代《だい》未《み》聞《もん》の“否《ひ》”王《おう》道《どう》

JUMP j BOOKS

物《もの》語《がたり》がこの2冊《さつ》に——

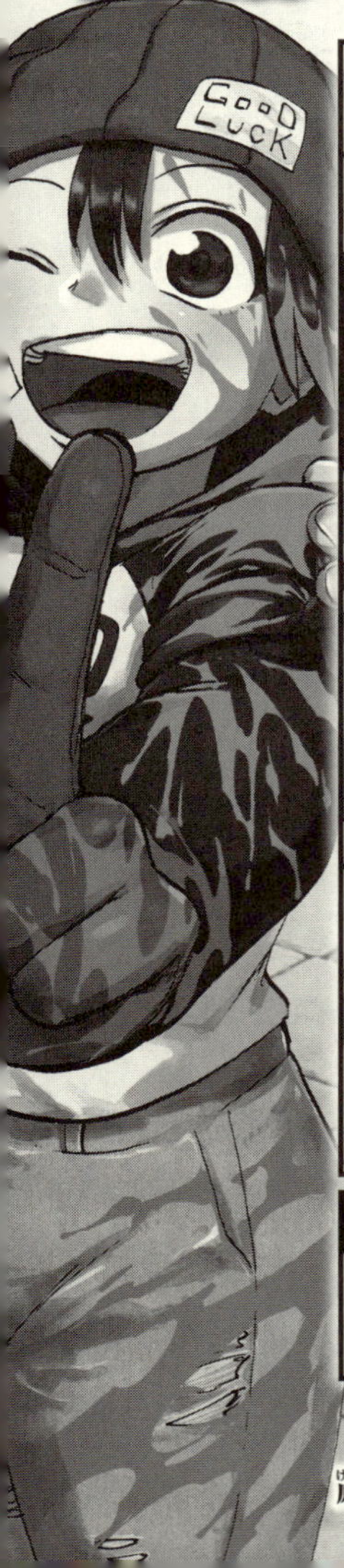

アンデッドアンラック 不《ふ》揃《ぞろ》いなユニオンの日常《にちじょう》

組織《ユニオン》の新《しん》メンバーとなったばかりの風子《ふうこ》に課《か》されたはじめての仕事《しごと》。それはアンディとの死闘《しとう》の末《すえ》、帰《かえ》らぬ人《ひと》となったジーナの部屋《へや》を片付《かたづ》けることだった。彼女《かのじょ》を慕《した》っていたタチアナを誘《さそ》い、部屋《へや》に入《はい》ると、そこには…!?

原作《げんさく》：戸《と》塚《づか》慶《よし》文《ふみ》 小説《しょうせつ》：平《ひら》林《ばやし》佐《さ》和《わ》子《こ》

JUMP j BOOKS：http://j-books.shueisha.co.jp/

本書のご意見・ご感想はこちらまで！

http://j-books.shueisha.co.jp/enquete/

JUMP J BOOKS

ジャンプ ジェイ ブックス

集英社